edition taberna kritika

Die edition taberna kritika wird vom Bundesamt für Kultur (CH) mit einem Förderbeitrag für die Jahre 2019-2020 unterstützt.

Momus
HERR F
(Was ewig lebt, schreit ewig)

Aus dem Englischen von Andreas L. Hofbauer
Durchgesehene, erstmals in Print erschienene Auflage.
Gestaltung: etkbooks, Bern
Coverillustration: Momus

Ursprünglich als Elektronische Editionen erschienen bei
Fiktion.cc, Berlin 2015

Danke an
Nick Currie, Mathias Gatza, Ingo Niermann
und Andreas L. Hofbauer.

Bibliografische Information der Deutschen Nationalbibliothek: Die Deutsche Nationalbibliothek verzeichnet diese Publikation in der Deutschen Nationalbibliografie; detaillierte bibliografische Daten sind im Internet über http://www.dnb.de abrufbar.

ISBN: 978-3-905846-54-6

Momus
HERR F
(Was ewig lebt, schreit ewig)

edition taberna kritika

1

Ich weiß gar nicht soviel über das Nichts, wie ich dachte. Das wurde mir nach meinem Tod am Dienstag klar.

Ich habe herausgefunden, dass das Nichts sehr groß ist. Es scheint sich endlos in alle Richtungen auszudehnen. Seine Textur besitzt keine besondere Textur, seine Gestalt hat keine besondere Gestalt. Ich rieche nichts Besonderes, das Licht ist flach und scheint keiner speziellen Quelle zu entspringen. Man kann nicht sagen, es gäbe einen Wechsel von Tag und Nacht. Und es gibt auch keine Wochen, Monate, Jahre, Jahrhunderte, Jahrtausende, kein Verlaufen und kein Verschwinden, kein Kalt oder Heiß, keinen Winter oder Sommer, kein Wetter.

Offenkundig kommen Essen und Trinken im Nichts nicht vor, es gibt auch nichts zu sehen und keine Geräusche. Es gibt keine Einschnitte. Ich vertreibe mir die Zeit mit Denken, aber mir kommen keine besonderen Gedanken, es ist deshalb wohl eher so, dass die Zeit zum Zeitvertreib vergeht.

Ich brauche keinen Terminkalender. Es lohnt sich weder vorauszuplanen noch vorauszudenken; wenn ich versuche, zurückzudenken, spüre ich träge Unbestimmtheit, die meinen Geist verklebt, so als ob genau konturierte Erinnerungen im dicken klaren Shampoo unbestimmter Menge versinken würden. Wenn ich jemals eine Persönlichkeit gehabt haben sollte, dann ist von ihr nicht viel geblieben, was an sich kein Problem ist. Wenn ich jemals Schmerzen gehabt, Kämpfe ausgefochten oder Siege errungen haben sollte, dann verlieren sie sich im Nebel und sind nicht mehr sonderlich wichtig. Sie könnten allesamt auch zu jemand anderem gehören.

Wie spät ist es? Das spielt hier mitten im Nichts keine Rolle. Das wird noch eine Weile so weitergehen, deshalb lehne ich mich besser zurück und gewöhne mich daran. Ich lebe gewissermaßen für immer weiter. Das ist wohl gar nicht so übel.

Ich entsinne mich einer Zeile, die ich einmal irgendwo gelesen habe: *Was ewig lebt, wird früher oder später ewig schreien.* Das klingt beängstigend, aber bisher ist alles unter Kontrolle. Es gibt hier gar nichts, über das zu schreien sich lohnen würde. Abgesehen davon, dass man manchmal vor Langeweile schreien möchte.

Vielleicht wird es genau so in Gang gesetzt, das Schreien. Ich werde anfangen zu schreien, um mir so die Zeit zu vertreiben, um wenigstens irgendetwas zu hören, eine Stimme, meine eigene. Und dann – nach einer Weile – wird sich in das Schreien auch ein bisschen echte Qual einschleichen. Und dann, noch ein bisschen später – aber wer weiß schon, wie lange später –, wird es sich zum totalen Terror aus voller Kehle steigern, der dann immer weiter und weiter geht und niemals wieder aufhört. Möglicherweise nimmt die Lautstärke ab und variiert, doch grundsätzlich bleibt es eine unnachgiebige und permanente Sache, oder vielmehr zwei Sachen: das Nichts und das Geschrei.

Die Sonne wird sich aufblähen und zum Roten Riesen werden, die Ozeane austrocknen und die Erde verbrennen; und dann wird sie verlöschen. Ich werde immer noch da sein, schreiend in der Dunkelheit. Das Universum wird sich immer weiter ausdehnen, bis schließlich jeder einzelne Körper den anderen unendlich fern sein wird, draußen, in einer unvorstellbar kalten Leere; und die Sterne werden verschwinden, einer nach dem anderen, und ich werde immer noch irgendwo da draußen diesen winzigen, durchdringenden Ton ausstoßen, der absolut wirkungslos bleibt.

Ich sehne mich nicht gerade erwartungsvoll danach, es ist aber sinnlos, davor Angst zu haben. Vorerst ist es schließlich noch ein langer Weg bis dahin.

2

Mephistopheles erscheint unterschiedlichen Menschen auf unterschiedliche Weise. Für mich ist er ein Filmproduzent, der am Kopfende einer langen Tafel eines Gartenrestaurants im Schwulenviertel von Tel Aviv sitzt. Es ist ein warmer Juniabend, und ein gutes Dutzend von uns hat sich in einem Garten hinter dem Haus versammelt, in welchem hier und da vereinzelte Zitronenbäume stehen. Mein Körper ist zwischen zwei Stühlen ausgespannt – auf einem ruht mein Kopf und auf dem anderen meine Füße, was der Bauchmuskulatur zugutekommt. Ich trage ein grünes Kleid, das ich für den Charakter in mir reserviert habe, den ich Agnes nenne und der entfernt nach der späten Louise Bourgeois modelliert ist.

Ich bin in Tel Aviv, um zu singen. Nicht als Agnes, sondern in der Rolle der Bianca Castafiore aus den Tim & Struppi-Alben. Das Abendessen wird mir zu Ehren gegeben. Es hat aber den Anschein, dass ein viel wichtigerer Gast erwartet wird: ein mächtiger Filmproduzent, der schon zahlreiche Hollywood-Erfolge aus der Taufe gehoben hat. Mit strahlendem Lächeln und Umarmungen, vollkommen selbstsicher begrüßt er seine Freunde, ehe er sich, als sei es sein Geburtsrecht, ans Kopfende der Tafel setzt.

Mephisto ergeht sich in einem Monolog darüber, wie er das Filmgeschäft geschmissen hat und Förster geworden ist; in Venedig, wo er immer noch die Filmfestspiele besuchen kann.

– Aber in Venedig gibt es doch gar keine Bäume, protestiert eine betrunkene blonde Frau rechts von ihm.

– Selbstverständlich nicht, aber jede Menge Filme.

Alle lachen. Übrigens ist Mephisto der Mann, der *Betrayal Park, Avalon* und die Fortsetzung von *Black Hulk* rausgebracht hat.

Während ich mir meinen Auftritt zurechtlege, ziehe ich mich innerlich vom Geplapper (zur Hälfte auf Englisch, zur Hälfte auf Hebräisch) um mich herum zurück und exe ein Glas eiskalten Carmel Sauvignon.

Dann kommt endlich der große Moment: Man hat meine nervösen Blicke bemerkt, die ich in Richtung Kopfende der Tafel geworfen habe, und Mephisto höchstpersönlich winkt mich großmütig heran.

– Heinrich Faust, sagt er, setzen Sie sich! Ich habe mich schon über Ihre Prothese gewundert.

Ich sollte an dieser Stelle anmerken, dass ich eine Exoprothese trage. Mephisto will die abgenutzte Geschichte hören, dabei bin ich sicher, dass er sie mindestens schon zur Hälfte kennt: der zornige Delphin, der verschluckte Taschenrechner, die verpfuschte Operation auf dem Grabstein und der Beinahezusammenstoß mit den beiden Marinehelikoptern.

Ich erzähle die Geschichte so unterhaltsam, wie es mir möglich ist. Als ich zu der Stelle komme, wo der Delphin ausgestopft wird, klatscht Mephisto vor Begeisterung in seine Hände und der ganze Tisch lacht mit. Das ist meine Chance.

– Ich möchte Ihnen eine Idee vorschlagen, Herr Mephisto.

Der große Mann schaut milde. Er kennt sicher solche Augenblicke.

– Na dann mal los, sagt er ohne den Hauch Überdruss in seiner Stimme zu verbergen.

– Gut. Ich möchte bloß wissen, wie Sie reagieren würden, wenn … also, nun ja, wenn sie also jemand mit einer wirklich langweiligen Idee aufsuchen würde. Ein total erfolgloser Schriftsteller. Er hat ein Buch geschrieben … über Moos. Kapitel eins: *Moos.* Kapitel zwei: *Wachsendes Moos.* Kapitel drei: *Moos in einem Raum.*

Mephisto schnaubt.

– Das klingt langweilig! Ich persönlich mag ja *Stirb langsam 3*.

Das kann man wohl sagen.

– Gut. Aber die Sache hat einen Haken: Dieser Schriftsteller hat seine Seele an den Teufel verkauft, und zwar im Austausch dafür, dass er unfassbaren Erfolg haben wird. Es spielt überhaupt keine Rolle, wie öde *Das Buch vom Moos* auch sein wird, es wird jahrelang die *New York Times* Bestsellerliste anführen. Das wurde in dem mit Blut besiegelten Pakt so festgehalten. Die Filmrechte werden hundertprozentig verkauft, und dieser Film wird in jedem Fall ein Riesenerfolg. Was mich nun interessieren würde – könnte man Sie dazu bringen, solch ein Projekt zu unterstützen, wenn Sie sicher wissen, dass es enormen Erfolg haben wird? Sie könnten schließlich selbst leicht in die Fänge der Mächte des Bösen geraten?

Mephisto sieht aus, als ob er sich in seiner Haut nicht wohlfühlt. Er hat keine Lust, mein Spiel mitzuspielen; er mag nicht, worauf das hinausläuft. Er legt eine Hand auf meine Armprothese.

– Wissen Sie was, Faust? Die Welt ist voll von guten Ideen. Jeder hat welche. Mit einer Idee zu kommen ist der einfache Teil der Sache. Der schwierige ist, sie abheben zu lassen. Ich persönlich würde *Stirb langsam 3* unterstützen.

– Sie würden also abwarten und zusehen, was aus *Moos 1* und *Moos 2* wird, und dann, wenn die richtig abgehen, auf *Moos 3* setzen?

– Mag sein, Faust, mag sein! Ich würde dir dann allerdings empfehlen, den Titel in *Stirb langsam Moos 3* zu verändern.

Wieder Gelächter. Mephisto gewinnt diese Runde, so wie er alle gewinnt. Ich hatte nicht gesagt, dass ich dieser Schriftsteller sei, aber was soll's? Ich gehe wieder zurück zum anderen Ende des Tisches, lange in den Eiskübel hinein und kippe, was vom Carmel Sauvignon übrig geblieben ist, gleich direkt aus der Flasche runter.

Ich hatte dieses Gespräch schon beinahe vergessen, als mich zwei Monate später eine E-Mail von Mephisto erreicht.

Er will *Moos* unterstützen und hat bereits zwei Anwälte und einen Hämatologen damit beauftragt, den Vertrag aufzusetzen.

3

Moose, Flechten und Algen gehören zu den ältesten Lebensformen, die dem Menschen bekannt sind, es gibt sie seit mehr als dreitausend Millionen Jahren. Moose gehören zur Pflanzenfamilie der *Bryophyta*, zu der auch die Leber- und Hornmoose gehören.

Weniger anthropozentrisch wäre es, wenn man sagte, dass der Mensch eine der jüngsten Lebensformen ist – vom Moos aus betrachtet. Doch das wäre auch wieder falsch, denn ganz gewiss „weiß" das Moos nichts in unserem Wortsinne: diese rein menschliche Form des Wissens, die zum Beispiel durch unser mühsames Bedürfnis geprägt ist, Pilze von fotosynthetischen Bakterien zu unterscheiden oder durch unser ausweichendes Herumgerede, wenn es darum geht, Leber- und Hornmoose korrekt zu klassifizieren.

Hier nun eine Geschichte, die dabei helfen wird, sich daran zu erinnern, wie sich die verschiedenen Organismen klassifizieren lassen. Hornmoos, Pilz und fotosynthetisches Bakterium veranstalten eine Büroparty. Da fängt es an zu regnen, doch das ist kein gewöhnlicher Regen: In dichten senkrechten Strippen prasselt der Regen gleich Bleibarren auf den Betonboden des Parkplatzes, auf dem Hornmoos, Pilz und fotosynthetisches Bakterium ein kleines Festzelt aufgestellt haben, vor dem metallgerahmte Faltstühle mit roten, weißen und blauen Sitzpolstern zum Kreis gruppiert sind. Auf den Sitzflächen bilden sich Wasserlachen, die in Form und Stil an den abstrakten Mangakünstler Yuichi Yokoyama erinnern.

Plötzlich tauchen Moos und Lebermoos in einem schwarzen 85er-Vintage Fiat Panda auf, ein Auto, das ich deshalb verehre, weil seine Windschutzscheibe ein komplett flaches Stück Glas ohne jegliche bauchige Wölbung ist. Die anderen geraten in Verlegenheit, weil ihnen klar wird, dass sie Moos und Lebermoos nicht zu der Büroparty eingeladen haben, obwohl sie doch alle für dieselbe Werbeagentur arbeiten. Urplötzlich beginnen sie bis vier zu zählen und rufen dann:

– Überraschung!

Das ist die Geschichte. Von nun an werden Sie sich immer an die korrekten, taxonomischen Beziehungen zwischen diesen Lebensformen erinnern.

Sei dem, wie es sei – ich habe bereits angedeutet, dass das Moos eher intuitiv ist. Es besitzt so ein Bauchgefühl, freilich ohne überhaupt einen Bauch zu besitzen. Da die Evolution, die auch uns hervorgebracht hat, im Grunde mit dem Moos begann, sollten wir unsere frühesten Vorfahren ehren. Wir sollten die Chiffren Adam und Eva aus der Sonntagspredigt durch das Moos ersetzen: Alter Vater Moos, Gute Mutter Moos.

Weil wir gerade dabei sind: Moos hat Geschlechter. Der weibliche, Eier produzierende, Teil wird *Archegonium* genannt und der männliche, Sperma produzierende, Teil *Antheridium*. Doch – anders als bei uns – hat das Moos die Wahl; es kann sich auch ungeschlechtlich fortpflanzen. Werden kleine Moospartikel abgetrennt, dann können sie sich spontan regenerieren, indem eine neue Pflanze überall dort entsteht, wo immer sie hinfallen. Die reproduktiven Möglichkeiten des Mooses sind schwammig und flexibel.

4

Eines Nachmittags lädt mich Mephisto zum Drachensteigen ein. Ich mache mir ein bisschen Sorgen, denn es braut sich ein Gewitter zusammen und ich habe gehört, es sei gefährlich, seinen Drachen bei Blitzen steigen zu lassen. Nichtsdestotrotz komme ich pünktlich. Ich trage mein flaschengrünes Gewand und fahre meinen flaschengrünen Volvo, Baujahr 1975.

Mephisto hat seinen riesigen schwarzen Drachen schon hoch oben in einer gewaltigen Gewitterwolke. Er lacht wie ein Verrückter, als die tödliche weiße Energie Millionen wilder Volts auf ihn herunterjagt und die Elektrizität seinen Körper schüttelt, als sie durch ihn hindurchgeht und sich hinab in die Unterwelt entlädt.

– Ich bin froh, dass Sie kommen konnten, Heinrich, sagt er. Hier, halten Sie mal die Schnur.

Später wird der große Hans Magnus Enzensberger ein Gedicht über diese Szene abfassen:

Manchmal tut es mir leid,
dass ich wankelmütiger bin
als ein Hochspannungsmast.
Angesichts meiner Rachsucht
rührt mich das wehrlose Moos.
Das Denken der Nashörner,
geradlinig wie es ist,
kann ich nur bewundern.

Während ich die Drachenschnur halte, erklärt mir Mephisto, sollte eine Katastrophe die Menschheit auslöschen (was ja nur allzu wahrscheinlich ist, bedenkt man unsere Gewaltbereitschaft und Kurzsichtigkeit) und dadurch eine Leerstelle entstehen, die nur Moos ausfüllen kann, wäre dieser Torfmull absolut in der Lage, in die entstandene Bresche zu springen und würde den Job, den Planeten zu beherrschen, weitaus besser erledigen, als es die Menschen getan haben.

Es breitet sich in aller Stille über die Waldböden aus, überzieht die Felsen und die Baumrinden, beruhigt alles, womit es in Berührung kommt und macht es weich. Dieser gemütliche Organismus wird eine Welt schaffen, die im selben Maße elegant und wohnlich sein wird, wie die unsere grob und gemein. Zutiefst friedlich, wird das Zeitalter des Mooses eine verwandelte Welt sein, gleich einer gut gepolsterten Bibliothek oder der dezenten Eingangshalle eines Hotels. – Das behauptet zumindest Mephisto. Habe ich schon erwähnt, dass sein Vorname Giorgio lautet?

5

Moos mag vielleicht stumm sein, doch ist seine Stille weder käuflich noch bestechlich. Ich habe einmal einen Dokumentarfilm im Fernsehen gesehen, wo ein Pärchen sich auf der Isle of Wight ein Häuschen aus angekohltem Lärchenholz gebaut hat. Tragende Betonwände an den Außenbereichen sahen abstoßend aus, und das Paar versuchte die Sache zu tarnen, indem sie eine Mischung aus Kuhdung und Joghurt aufbrachten, um Moos anzulocken. Doch das Moos ließ sich nicht blicken. Alles in einem Haus mag für Geld zu kriegen sein, doch das Moos fügt sich nicht. Bitte behalten Sie diesen Umstand im Auge, er wird später noch wichtig werden.

Meine Freundin Chieko studierte an einer Hochschule für Schönheitspflege das Fach Maniküre. Die Hochschule befand sich unmittelbar neben einem leckenden Atomkraftwerk in Japans herrlicher Alpinregion Nagano. Und dort entdeckte sie zum ersten Mal Peter Handkes wunderbares Antitheaterstück *Publikumsbeschimpfung.* Worum es nun in der Kunst wirklich geht, ist nichts, was am Theater geschehen oder nicht geschehen kann. Man kann diese Schlussfolgerungen für jeden Lebensbereich anwenden, denn die Kunst brennt wie ein hell leuchtender Glühfaden der Möglichkeit, sie ist die Fackel menschlicher Freiheit.

Chieko war von der Idee, diejenigen Menschen zu beleidigen, die den eigenen Beruf erst ermöglichen, zutiefst angetan. Sie begann daher, einige von Handkes Abfälligkeiten in das Repertoire ihrer Sprüche als Maniküre aufzunehmen. Wie viele Berufe, haben auch Maniküre und Pediküre eine theatrale Seite. So ist es zum Beispiel für eine Kosmetikerin ganz normal, aus dem Stehgreif einen beruhigenden Monolog einzuflechten, während sie sich der Hornhaut und den Hühneraugen widmet; damit versetzt sie die Kundschaft in eine Art mesmerischen Bann. Dieser mesmerische Zustand ist der wahre Grund, warum der Kunde wiederkommt und nicht die empfundene Steigerung der eigenen Schönheit.

Chieko begann mit den Zumutungen aus Handkes Stück zu arbeiten, die sie sich aus dem Internet runtergeladen und mithilfe eines unzureichenden Übersetzungsprogramms ins Japanische übertragen hatte. Sie machte nun einer Kundin zum Beispiel Komplimente wegen ihrer wunderschönen Halbmondfingernägel und ließ dann unvermittelt einfließen:

– Sie denken nichts. Sie denken an nichts. Sie denken mit. Sie denken nicht mit. Sie sind unbefangen. Ihre Gedanken sind frei. Indem ich das sage, schleiche ich mich in Ihre Gedanken.

Die Kundin würde dabei in erster Linie dem unverändert tröstlich bleibenden Ton der Stimme Chiekos lauschen, und die mitgelieferten Verhöhnungen gar nicht wahrnehmen.

Auch das Moos hat so eine Persönlichkeit. Selbst wenn es ganz im Privaten deine Handlungen missbilligt, so kann das Moos doch ein Freund sein, Trost spenden und dir eine breite grüne Schulter zum Anlehnen bieten.

Heute habe ich einen Schrein besucht. Einen Schrein auf einem Berggipfel. Eine Reihe von roten Pforten führte mich an einen offenen Platz, der von gewaltigen Kiefern umgeben war. Der Boden war moosig. Vor mir lag der von wütenden Fuchsskulpturen bewachte Schrein, darüber die blödsinnig bimmelnden Glocken an Seilen, die wie die Hoden eines Katers herabhingen. Doch anstatt mich den heiligen Seilen zu nähern und die Glocken zu läuten, beschloss ich, das Moos anzubeten. Ich sank also zu Boden und beschmutzte dabei meine purpurne Robe.

Es gibt viele, die nach dem Moos benannt wurden: der Rennfahrer Stirling Moss etwa oder das Model Kate Moss. Aber das sind bloß prominente Menschen, aufdringlich, gehetzt und laut. Die wahre Schönheit des Mooses liegt in seiner Langsamkeit, seiner Ruhe und Stille. Als sie dies begriffen, haben die weisesten Menschen, die je lebten, – die japanischen Mönche – Moosgärten angelegt, die wunderbarsten Stätten auf Erden.

6

Giorgio Mephistopheles nimmt mir die Drachenschnur wieder ab. Das Gewitter zieht vorüber, rumpelt noch vor sich hin wie eine Bowlingkugel, die eine schmale Gasse hinabrollt.

Wenn sich das Moos aufmacht, den Planeten zu übernehmen, erklärt mir Mephisto, dann wird das nicht durch Eroberung und Kampf geschehen. Es wird keine von den Flechten angezettelten Genozide geben und keine Kriegsverbrechen der Algen. Das Moos wird sich auf großzügige und kameradschaftliche Weise mit allem, was lebt und was tot ist, mit dem Organischen und dem Anorganischen, vermischen – ja sogar mit den Kreaturen, die grasen, knabbern und hungrig an ihm rupfen: Rentier, Karibu, Hirsch, Schnecke, Pilze, Elch, Maus, Kuh, Schaf, Hase, Eichhörnchen, Antilope, Vogel, arktische Wühlmaus oder Eiswürmer.

Wie geht es Ihnen übrigens?

Ich frage nur, weil ich mich um Sie sorge. Sie sollten wissen, dass ich das ernst meine! Ich wäre schließlich nicht hier, wenn ich es nicht täte.

Haben Sie es bequem? Wirklich – sitzen Sie auch richtig bequem? Haben Sie alles, was Sie gerade brauchen? Wenn nicht, ich kann es Ihnen beschaffen! Das ist keine Sache, absolut keine.

Möchten Sie, dass ich Ihnen die überschüssige Nagelhaut, die ich hier an Ihren Fingernägeln sehe, weich mache und zurückschiebe? Sie haben übrigens wunderschöne Halbmonde an Ihren Fingernägeln. Man sagt, das sei ein Zeichen von Vornehmheit! Nebenbei bemerkt sind Sie ein echtes Arschloch. Ist das Wetter nicht wirklich traumhaft?

Wie steht es mit Ihrem kleinen Problem? Erinnern Sie sich? Sie haben mir beim letzten Mal davon erzählt. Dieses kribbelnde Ding, das man ja nicht eigentlich als Schmerz bezeichnen kann? Es hat Sie beunruhigt. Und die ganze Unruhe hat es dann noch schlimmer gemacht! Ein eingeklemmter Nerv, oder? Sie hatten sich Sorgen gemacht, dass es eine Herzattacke sein könnte oder Multiple Sklerose.

Ich bin der Ansicht, dass Sie sich wegen dieser kleinen Irritation ganz besondere Rücksichtnahme verdient haben, ein bisschen Extrazuwendung und Aufmerksamkeit von denen, die um Sie herum sind.

Denken Sie nur, was für ein angenehmes Leben es wäre, wenn jeder nur ein bisschen von dieser Extrazuwendung aufbrächte, so wie ich.

Ja, mir gefällt die neue Statue von Hans Magnus Enzensberger, die die Stadt vor McDonalds aufstellen ließ, auch sehr gut. War ja auch höchste Zeit.

Erinnern Sie sich noch an diesem schlimmen Tag, als Sie am Treppenabsatz gestolpert sind? Davon haben Sie mir beim letzten Mal erzählt. Sie hatten Ihrer Ex gerade alles Gute zum Geburtstag gewünscht, nachdem fünf Jahre lang peinliche Funkstille geherrscht hatte; dann hatten Sie den Zug nach Duisburg genommen, wo Sie den Auftrag hatten, Elektrokabel zu verlegen.

Sie kamen zu spät in Duisburg an, weil sich so eine selbstsüchtige Selbstmörderin vor den ICE geworfen hatte. Ja – ich auch – ich hasse es, wenn die so was machen! Warum können die sich nicht einfach eine Walther Halbautomatik greifen und ihr Leben auf diese Weise beenden? Die Deutsche Bahn sollte an Selbstmörder gratis Walther Sportpistolen ausgeben. Man denke nur, wie viel Zeit das sparen würde!

Doch wie auch immer … Sofort, nachdem Sie in der Stadt angekommen waren und eine sichere Netzwerkverbindung ausfindig gemacht hatten, haben Sie herausgefunden, dass Ihre Ex Sie auf allen Social-Media-Plattformen gesperrt hat. Sie haben damals gedacht, dass das nur bedeuten könne, dass sie Sie aufrichtig hasst.

Sie haben darüber nachgedacht, sich unverzüglich vor den 20.55 Uhr ICE nach Wiesbaden zu werfen, aber glücklicherweise haben Sie sich das nochmals anders überlegt. Ich sage das, weil ich selbst in diesem Zug saß und mich auf der Heimreise befand. Ich hatte das Wochenende mit meinen Eltern verbracht, die beide schwer nierenkrank sind und sich eine Dialysemaschine teilen müssen, weil sie sich keine zweite leisten können. Die schieben sie nun zwischen sich hin und her wie einen riesigen Einkaufswagen. Ich persönlich führe ihre Krankheit auf nie eingestandenen Drogenmissbrauch zurück, den sie irgendwann einmal hoffentlich zugeben werden.

Anstatt Selbstmord zu begehen, haben Sie sich bei der letzten Stufe im schäbigen Hotelfoyer verschätzt. Ein kleiner Fehler mit großen Folgen, da Sie direkt vor einen Segway stürzten, der von einem schwarzen Polizisten gefahren wurde, der wiederum direkt einem Film von Fassbinder entsprungen war.

Die nächsten Tage mussten Sie dann in einem Rollstuhl herumgekarrt werden. Aus irgendeinem Grund entschieden Sie sich, nach Wiesbaden zu fahren, wo ihr Rollstuhl mit der Dialysemaschine meiner Eltern zusammenstieß, direkt neben dem Sockel der Statue, die erst kürzlich für Arno Schmidt errichtet worden war. Jetzt haben Sie eine Beinprothese, die zu Ihrer Armprothese passt.

7

Die Künstlerin Agnes Martin wurde vom selben buddhistischen Gelehrten – D. T. Suzuki an der Columbia Universität – unterrichtet, der schon John Cage beeinflusste. Er hatte den Komponisten Gelassenheit und beobachtende Hinnahme gelehrt, die später zum Wasserzeichen seines gereiften musikalischen Schaffens wurde. Martins Zeichnungen sind oft nichts als Blätter mit Gitterlinien, die voneinander nur unmerklich geometrisch abweichen, gefärbt bloß vom Papier, auf das sie aufgetragen wurden. Ihre zurückgenommene Kargheit verströmt eine beruhigende Wirkung, und betrachtete man einige von diesen Arbeiten nebeneinander mit ihren kleinen Abweichungen, wie sie so einfach dastehen, wie die leere Lineatur eines Notenblatts, dann scheinen sie einem halb-musikalischen Muster der Wiederholung und Variation zu folgen.

Eines Nachmittags nehme ich diese „leere Musik" in einem Museum in mich auf, als ich von einem Mädchen unterbrochen werde, das wie eine Kunststudentin aussieht.

Das passiert mir häufig in der Öffentlichkeit – seit ich mit dem Mephisto Management den Vertrag unterzeichnet habe, wächst mein Bekanntheitsgrad mit enormer Geschwindigkeit. So gut wie jeder weiß, wer ich bin: „der Moos-Mann". Mein *Moos-Buch* war ein internationaler Erfolg, genauso phänomenal wie unerklärlich; und als dann auch noch *Moos. Der Film* ins Kino kam, blieb kein Stein mehr auf dem anderen, wenn man die Sprache der Werbung bemühen möchte. Diejenigen, die weder das Buch gelesen noch den Film gesehen haben, haben vielleicht *Mooswelt* besucht, den Themenpark nahe Barcelona. Aufgrund seiner enormen Beliebtheit werden nun Nachbauten dieses Parks im Hafen von Tokio, am Stadtrand von Rio und Riad, in Istanbul und in Shenzhen errichtet.

Die Kunststudentin trägt karamellfarbene Leggings und Flip-Flops, ein formloses rosa und weiß gefärbtes Hemd wird in der schlanken Hüfte von einem Gürtel gehalten. Ihr dunkles Haar ist an verschiedenen Stellen zu kranzförmig geschlungenen Zöpfchen geflochten, deren wahllos wirkendes Arrangement auf angenehme Weise von Haarspangen aus Plastik und improvisierten Ringen aus farbenfrohen Isolierbändern zusammengehalten wird.

– Entschuldigen Sie, ich möchte nicht stören …

Was sie aber selbstverständlich tut.

– Nein, keineswegs.

Meine Augen finden großes Wohlgefallen an ihr. Je mehr ich schaue, umso hungriger werden sie.

– Sie sind Herr Faust, nicht wahr? Der Moos-Mann.

Ihre Zähne, die Lebendigkeit ihrer braunen Augen.

– Ja, der bin ich.

Ich kann haben, was immer ich begehre – das hat mir das Management ganz klar zugesichert.

– Wie ist ihr Name?

– Gretchen Mitsukoshi.

– Und Sie sind – lassen Sie mich raten – Kunststudentin?

– War ich. Nun versuche ich als Malerin durchzukommen. Hätten Sie vielleicht ein paar Tipps für eine Anfängerin?

Ich sage meinen Standardsatz auf: Das Wichtigste ist, einfach anzufangen. Und dann weiterzumachen.

Gretchen lächelt. Nebenhin entlocke ich ihr die Adresse ihrer Website, um mich dann wieder den sterilen Abstraktionen von Agnes Martin zu widmen.

Später an diesem Tag kopiere ich ein Zeitraffervideo, das Gretchen Mitsukoshi dabei zeigt, wie sie für die Absolventenausstellung an einer Installation malt. Ich lade mir den Clip in iMovie und verlangsame ihn so sehr, bis nur noch die erregenden Szenen bleiben, in denen sich Gretchen lächelnd der Kamera zuwendet, man einen Blick auf ihr Profil werfen kann oder man, wenn sie sich zu ihren Farben hinunterbeugt, ihre kleinen Brüste unter dem locker fallenden Top zu sehen bekommt.

Ich stelle einen kostbaren Augenblick aus dem Film frei, in dem Gretchen in einer Position sitzt, die an die Lotus-Stellung erinnert. Ein nacktes Bein hebt sie salopp aus der Vertikalen in die Horizontale. Ich zittere und Schweiß tropft auf die digitale Gerätschaft vor mir; ich versuche diesen Augenblick immer weiter zu verlangsamen. Möge er doch ewig weilen!

8

Heuschrecke ist der Mensch und erhebt sich nur aus dem Grase, wenn man ihm mit irgendeinem Unsinn, wie etwa Zucker, vor der Nase herumwedelt, um ihn zu locken. Auch ich war einstmals ein solches Insekt. Einst dürstete ich nach Wissen, und einstmals gelüstete es mich nach Ruhm. Oh ja – ich war einer dieser Kerle, auf die Götter oder Dämonen ihre Wetten abschließen.

Doctor Hanamaru (das ist der wahre Name Gottes) befindet sich in seinem Büro und hört dem Teufel Mephisto zu, der einen seiner üblichen Berichte über die schiere Blödsinnigkeit und Zügellosigkeit der Menschheit vom Stapel lässt. Doctor Hanamaru ist aber anderer Ansicht. Er verweist auf seinen bevorzugten Menschen als mögliche Ausnahme von dieser Regel.

– Gewiss, gewiss – doch was ist mit Heinrich Faust? Er ist ziemlich schlau. Er wird es einmal weit bringen. Vielleicht gar wird er der Menschheit dabei behilflich sein, sich aus dem Morast zu befreien.

– Niemals, antwortet Mephisto. Faust ist eine Heuschrecke wie all die anderen. Nur allzu gerne gräbt er seine Nase in zuckrigen Quark, stets ist er bereit, seinen gierigen Hautpanzer in das nächstbeste Stück Schwachsinn zu bohren, das wir ihm hinhalten.

– Ich habe einen weitaus besseren Eindruck von ihm, beharrt Doctor Hanamaru und schürzt dabei seine Lippen. Faust hat fleißig studiert und steht kurz davor, einfache Minerale in kostbares Gold zu verwandeln. Du solltest einmal sehen, wie er mit dem Mikroskop umzugehen weiß. Darüber hinaus hat er soeben einen kleinen Homunkulus, ein Wesen, das dem Menschen gleicht, in seinem Labor erschaffen. Ich kann in Faust sehr viel von mir selbst erkennen.

Mephisto spöttelt und verbirgt dabei sein dunkles, rotes Gesicht. Wie viele andere liebende Eltern hat auch Doctor Hanamaru eine Achillesferse: Er projiziert seinen Narzissmus.

Just in diesem Augenblick flaniere ich vorüber, nicht eingedenk der Tatsache, dass gewaltige Wesenheiten sich in meiner nächsten Umgebung über mich unterhalten. Lautlos singe ich ein Lied, das sich, als ich etwas lauter werde, als *How to Get – And Stay – Famous* erweist, einem Lied aus Momus unbeachtet gebliebenem Album *Ping Pong* aus dem Jahr 1997.

Wie lange wird's dauern, bis ich berühmt bin, o Gott?
Eine Woche am Varieté, eine Saison Pantomime, zwei Jahre West End,
ein Jahrzehnt oder gar noch mehr?
Kein Haar am Kopf, kein Zahn im Mund,
sabbernd,
ohne Rückgrat und Hirn –
dann ist's zu spät, sowieso.
Ich glaub an kein Leben nach dem Tod und an keine Auferstehung.
Aber wenn's die gibt, dann kann's bald losgehen bei mir,
aber was, o Gott, wenn's mit'm Ruhm noch zehn Jahre dauert hier?
Ich bin nicht mehr jung,
zeig mir den Weg zum Ruhm, o Gott, oder wenigstens ganz klar,
the road to the next whiskey bar.

Mephisto gackert und Doctor Hanamaru wischt eine Träne von seiner Wange.

– Jetzt glaubt er noch nicht an mich, sagt Doctor Hanamaru, aber am Ende wird er's tun – wart' s nur ab!

– Ich sage Ihnen etwas, entgegnet Mephisto, wenn Sie tatsächlich an diese idiotische Heuschrecke glauben, dann sollten Sie ihren Worten Taten folgen lassen. Lassen Sie uns wetten.

Ich singe immer noch. Ich kenne das ganze Klagelied auswendig.

Und, o Gott, was wird's mich kosten,
berühmt zu werden und berühmt zu bleiben?
Geb' ich meine Seele in der Maske ab und verkauf sie an die
Schneider,
wenn ich nicht als Fehlschlag in die Geschichte eingehen will?
O Gott, bring' mir bei, wie man in 'ner Boygroup tanzt.
Aber bring mir vor allem bei, wie man zahm, harmlos und
unschuldig sei,
denn nix ist schlimmer, als wütend zu sein, und nicht gefähr-
lich dabei.
Streich meine unreinen Gedanken raus, o Gott, du kennst sie
gut,
und weißt,
dass ich bedingungslos treu an den Prinzipien hänge, auf die
Moral pfeife,
Streit suche und keine Scham kenne.

– Mein Faust ist all das, sagt Doctor Hanamaru stolz, und noch mehr. Siehst du nicht, dass er sich an mich wendet und nicht an dich, Mephisto? Er redet vielleicht davon, seine Seele zu verkaufen, doch im Grunde ist das doch ein Gebet. Solche Sachen höre ich oft an der Klagemauer.

Mephisto seufzt und verdreht die Augen.

– Er will sich nur lieb Kind machen, Doctor Hanamaru.

Das Lied geht weiter:

O Gott, wie lang' hat's bei dir gedauert, berühmt zu werden?
Nachdem du diesen tollen Planeten geschaffen
und alles was da kreucht und fleucht auf ihm?
Das ging bestimmt eine Million Jahre oder länger,
ehe's irgendwem gedämmert, dem Namenlosen einen Namen
anzuhängen.
Doch dann – in einem Nu, in einem Augenblick – ging's
schon wieder bergab.
Die Zyniker meinten, dich gäb's gar nich'.
Mode hat ihre Launen, o Gott, das weißt du besser als ich!
Bergab geht's immer irgendwann,
egal was man tut,
eine Welt erschaffen oder ein kompliziertes drittes Album.

Sentimental und innerlich aufgewühlt deklamiert Doctor Hanamaru die Worte des Refrains:

– Frag mich nicht, auch ich hab' keinen Schimmer, kann
mich nur verstecken und verbergen für immer.

– Entziehen Sie ihm alle Gunstbeweise, sagt Mephisto, und dann werden Sie sehen, ob Faust den Namen Gottes verfluchen wird oder nicht. Ich gehe jede Wette ein, dass er Sie schon nach wenigen Sekunden verleugnet.

– In Ordnung, antwortet Doctor Hanamaru, die Wette gilt. So lange Faust lebt, tue dein Schlimmstes. Führe ihn, wie es dir beliebt, die Spirale der Verzweiflung hinab und hoch hinauf den Korkenzieher des Ruhms. Es irrt der Mensch, solange er strebt. Doch bald schon werde ich diesem Mann die Klarheit schenken. In seiner Todesstunde wird er mir auf ewig gehören.

Ich bin nun an die Stelle des Liedes gelangt, wo der Erzähler – ein „swan in cellophane" – sich mit Gott vergleicht.

O Gott, wie lang hat's bei dir gedauert berühmt zu werden?
Bei dir, der du zu uns gesandt hast deinen so geliebten Sohn,
damit er unter uns wohn'?
Bei dir, der du ihm die tollen Kräfte verliehst,
viel bessere Tricks zustande zu bringen als wir?
Und all die Wunder zu tun, über die wir staunen?
Ich begreife, ich versteh – alles für das Renommee!
Aber dann ging's bergab,
wir schnappten uns den Sohn und stießen ihn ins Grab.
Bergab geht's immer irgendwann,
egal was man tut,
eine Welt erschaffen, einen Sohn rausbringen oder ein kom-
pliziertes drittes Album

Doctor Hanamaru bricht jetzt ganz offen in Tränen aus und setzt erneut mit dem Vers des Refrains ein:

– Frag mich nicht, auch ich hab' keinen Schimmer, kann
mich nur verstecken und verbergen für immer.

– O Gott, sage ich, wenn das alles ist, was du mir zu sagen hast, dann teile mit mir das Geheimnis deiner makellosen Dunkelheit.

9

Ich habe eine Abschrift meiner ersten deutschen Pressekonferenz gefunden. Die war auf dem Flughafen Tempelhof. Ich war gerade nach einem ruckeligen Flug aus Bern dort gelandet. Als das kleine Flugzeug sich der großen Stadt näherte, spürte ich, dass mich Berlin wie der Fangarm eines Kraken packte.

Unter meinem Podium lauerte eine heimtückische graue Spinne mit blitzenden Augen. Sie konnte sprechen.

Presse: Genieren Sie sich nicht ein wenig für die Verrücktheiten, die Sie auslösen?

Faust: Nein. Das ist großartig. Ich mag Verrückte.

Presse: Sie sind also für den Wahnsinn?

Faust: Ja. Ich glaube, er ist gesund.

Presse: Ist das ein schweizerischer Akzent?

Faust: Das ist nicht schweizerisch, das ist *Zürichdeutsch*.

(Die Spinne lacht.)

Faust: Zürich ist, wie Sie wissen, die Hauptstadt von Österreich. Wir schreiben die Hälfte Ihrer deutschen Literatur dort.

(Noch mehr Gelächter.)

Presse: In München werden Autoaufkleber verteilt, auf denen steht: *Heinrich Faust ausmerzen!*

Faust: Nun ja – ich starte auch eine Kampagne. Bei uns heißt es: *München ausmerzen!*

(Gelächter.)

Presse: Aber ganz im Ernst – was wollen Sie gegen die Faust ausmerzen!-Aktion unternehmen?

Faust: Wie bedeutend sind die?

Presse: Ein Psychiater hat dieser Tage gesagt, Sie seien nichts anderes als ein schweizerischer Karl Ove Knausgård.

Faust: Ich habe meine Seele verkauft, er hat sie nur in den Waschsalon gebracht.

Presse: Würden Sie uns bitte einen Satz sagen?

Faust: Leben. Tod. Das sind dann zwei.

Presse: Es gibt da so gewisse Zweifel, dass Sie schreiben können.

Faust: Wenn Sie nicht lesen können, warum sollte ich dann schreiben können?

Presse: Wie viel Geld beabsichtigen Sie aus diesem Land auszuführen?

Faust: Zehn Euro.

Presse: Wie können Sie mit all den Haaren schreiben?

Faust: Ich werde Ihnen antworten, wenn ich meine Zunge wiedergefunden habe.

Presse: Haben Sie eine Glatze, dass Sie diese Perücke tragen müssen?

Faust: Es ist noch viel schlimmer als das.

Presse: Gibt es Sie wirklich?

Faust: Treten Sie ruhig näher, Sie dürfen mich anfassen.

Presse: Welchen Einfluss, glauben Sie, hat Ihr Schreiben auf die Menschen?

Faust: Wenn ich das beantworten könnte, würde ich Literaturagent werden.

Presse: Was hat es mit den Gerüchten auf sich, dass Sie eine Art gesellschaftlichen Aufstand repräsentieren?

Faust: Das ist eine dreckige Lüge.

Presse: Was halten Sie von Beethoven?

Faust: Toll. Vor allem seine Gedichte.

(Gelächter)

Presse: Haben Sie sich schon entschieden, wann Sie in Rente gehen wollen?

Faust: Exakt eine Stunde, bevor ich sterbe.

10

Ich habe herausgefunden, dass meine Liebe zum Moos eine Liebe zum Tod ist. Auf gewisse Weise ist Moos verdünnter Tod.

Die Flure des Mooses sind Archen der Leere. Wenn ich vom Moos spreche, dann spreche ich tatsächlich von meinem Wunsch, nichts mit den Wirren des Alltags zu tun haben zu wollen.

Das Gleiche könnte ich auch vom Ruhm sagen. Ruhm und Moos hängen dadurch zusammen, dass sie einen von der Notwendigkeit befreien, sich tagtäglich mit den vertrackten Angelegenheiten des menschlichen Lebens beschäftigen zu müssen.

Bei Ruhm, Tod und Moos handelt es sich im Grunde um dasselbe – um die Weigerung, zu kämpfen. Wenn man sich weigert, jeden Morgen aufzustehen und den tagtäglichen Kampf aufs Neue aufzunehmen, dann kann es dafür nur eine Erklärung geben: Du bist tot oder berühmt oder lebst in der wohltuend atmosphärischen grünen Welt des Mooses, das sich nach allen Seiten über unendliche Weiten bis an den Horizont hin erstreckt.

Indem ich berühmt wurde, weil ich über Moos schrieb und indem ich meine unsterbliche Seele dem Teufel verkauft habe, habe ich, Heinrich Faust, gleich einen Dreifachtreffer gelandet. Ich habe Moos, Tod und Ruhm zu einer Art existenziellem Sandwich kombiniert. Dann habe ich den Sandwich gemampft und war bloß enttäuscht, dass alle Zutaten gleich schmeckten.

Wovor habe ich aber Angst, wenn es um den täglichen Kampf und die unschönen Wirren des menschlichen Lebens geht? Ich bin der Ansicht, dass Menschen tagtäglich Dinge tun, die sie tatsächlich gar nicht tun wollen, aber glauben, tun zu müssen – um sich selbst erhalten zu können und den Erwartungen gerecht zu werden.

Von der Couch aus zum Beispiel, auf der ich gerade liege, zugedeckt mit einem billigen chinesischen Schlafsack, nehme ich das tägliche Leben um mich herum durch eine dünne metallene Jalousie wahr. Spatzen zwitschern und von Zeit zu Zeit kommt ein Auto vorbei, das Regenwasser spritzt dann unter seinen Reifen zur Seite. Heute ist Sonntag und deshalb höre ich auch nichts von der Muzak des Logistikunternehmens auf der anderen Straßenseite, und von den Müttern, die ihre Kinder zur Schule bringen, ist auch nichts zu vernehmen.

Die Schule! Was für ein schrecklicher Ort, wo man Jahr ein Jahr aus dazu gezwungen wird, Seidenraupen in einem Puppenhaus zu züchten, um dann später selber eine Seidenraupe zu werden, die in einem Puppenhaus lebt!

Könnt ihr euch noch an die beklommene Langeweile der Hausaufgaben erinnern? Drei verschiedene Sorten von Sinnlosigkeit an jedem Abend, die all die Stunden der Freiheit fressen, die man nach einem ermüdenden Tag vielleicht gehabt hätte, einem Tag vorgetäuschter Sinnlosigkeit, an dem man in seiner Uniform die Gänge auf und ab marschierte.

Auf und ab marschieren in dieser scheußlichen grauen Uniform, wenn man doch zwischen zwei Stühlen hätte liegen können, nur auf die Kraft seiner eisenharten Bauchmuskeln sich verlassend (auf denen du ein Glas Schnaps balanciert hast); bekleidet mit einem Monokel und einer Nachbildung des Kleides, in welchem Otto Dix die Journalistin Sylvia von Harden gemalt hat!

Auf und ab marschieren wie ein preußischer Soldat, wenn man doch hätte draußen im Wald sein können, um Igel mit einem Netz und drei Plexiglaskistchen zu jagen! Und Moos zu sammeln, um deine kleinen Gefangenen damit zu füttern!

Dann später, als du frei warst – wie langweilig sich das anfühlte. Du warst frei, dir deine Kleidung selbst zu wählen, doch ironischerweise hast du dich dann wie ein preußischer Soldat angezogen. Anstatt sich mit den Schularbeiten zu quälen, konntest du fernsehen, Eis löffeln, onanieren oder deine Katze fotografieren und die Bilder dann im Internet posten; doch all das fühlte sich so hohl an. Du wolltest – selbstverständlich – auf und ab marschieren.

Nach und nach hast du entdeckt, dass du nur durch gnadenlose Strukturierung deines eigenen Lebens irgendetwas Erfüllendes erreichen würdest. Nur indem du dich etwas Beliebigem und Sinnlosem verschrieben hattest – das du dennoch selbst, und das ist entscheidend, kreiert hast – konntest du der Leere der unstrukturierten Zerstreuung entkommen. Anstatt die Sinnlosigkeit zu transzendieren, musstest du der gnadenlose Organisator der Sinnlosigkeit werden.

Deshalb hast du begonnen, Spiele mit einfachen Regeln und Verboten zu erfinden. Du durftest etwas schreiben, dir aber nur eine Sequenz gestatten, in der sich Vokale und Konsonanten regelmäßig abwechseln. Du konntest ein Musikstück schaffen, dafür aber nur die Geräusche der Objekte in dei-

nem Zimmer nutzen. Du konntest mit dem Fahrrad durch
die Stadt fahren, aber ob du nach links oder rechts abbiegen
würdest, bestimmten die Farben der Hüte fremder Passan-
ten.

Nichtsdestotrotz – wenn man vom Moos spricht, dann
spricht man in der Tat davon, dass man mit den Wirren des
Alltagslebens nichts zu tun haben will. Du hättest gerne, dass
ich mir das merke, weil es später noch wichtig werden wird.

11

Als das Gerücht, dass ich mich nach Gretchen Mitsukoshi
verzehre, die Managementfirma erreicht, wird in den Werk-
stätten von Mooswelt in Barcelona eine Serie von sechs
Glaskuben hergestellt. Für Gretchen und mich werden getrennte Reisevorbereitungen getroffen und eine ausgewählte
Gruppe von Menschen wird dazu eingeladen, von einem
mit Farnen bedeckten Gerüst aus in die Glaskuben hinein-
zuschauen. Um die Anlage herum erstreckt sich das Moos,
soweit das Auge reicht bis hin zum Horizont, gleich einem
Greenscreen auf einer Tonbühne.

Im ersten Kubus wartet Gretchen in der Kunstgalerie auf
mich, genauso wie ich sie das erste Mal gesehen hatte. Der
Boden ist mit Birkenparkett im Zickzack-Muster ausgelegt.
An den kahlen Plastikwänden hängen Reproduktionen der
Werke von Agnes Martin; die kleinen Formate gestatten
dem Publikum eine verhältnismäßig unverstellte Sicht. Die
Szene spielt sich genauso ab, wie sie sich in Wirklichkeit
abgespielt hat. Nach Beendigung unseres Gesprächs drehe
ich mich aber nicht wieder zur Wand, sondern wende mich
Gretchen zu. Ich küsse ihre Lippen und beginne die Spitze
meiner Zunge über die Kante ihrer milchweißen Zähne
gleiten zu lassen. Als sich unsere Münder übereinanderle-

gen, erkunden meine Finger ihre aufwändige Frisur und die delikaten Formen ihrer leicht abstehenden Ohren, die beide jeweils an zwei Stellen mit einem silbernen Ohrstecker verziert sind.

Im zweiten Kubus befinden wir uns in Leonard Cohens Song „Take This Waltz". Wir befinden uns natürlich in Wien und *the cave at the tip of the lily* ist ein Nachtclubschlösschen, dekoriert mit Krepp und drapiertem Samt. Es sieht aus und fühlt sich an, als wäre man im Inneren einer feuchtwarmen Vagina, die Klitoris ist ein rosafarbener Kronleuchter. Gretchen sitzt auf einem Stuhl mit einem *DEAD magazine* und wartete darauf, dass ich *on the hallway where love's never been* auftauche. Die Lust treibt uns ganz schnell zu einem Bett, *where the moon has been sweating.* Wir sind beide vollständig angekleidet, aber mein Penis scheuert und zerrt an Gretchens Höschen. Sie stößt einen Schrei aus, *filled with footsteps and sand.*

Im dritten Kubus trägt Gretchen einen rosafarbenen *Yukata*. Sie hockt auf dem Kies eines nächtlichen Spielplatzes und hält eine weiß leuchtende Wunderkerze in ihrer Hand. Das festliche *Hanabi*-Feuerwerk lockt die Glühwürmchen an, und ich bin eines von ihnen. In totaler Ekstase umkreise ich das kalte Licht der Wunderkerze und komme ihm immer näher und näher. Dann lande ich auf einem ihrer Schenkel und rücke mich solange zurecht, bis ich feststellen kann, dass Gretchen unter ihrem *Yukata* nackt ist. Ihr Geschlecht – eine Reihe von komplizierten floralen Falten – ist in der fahl-gelben Biolumineszenz, die mein Unterleib ausstrahlt, wo die Enzyme der Luziferase das Magnesium und den Sauerstoff entzünden, deutlich zu erkennen.

Im vierten Kubus ist alles schwarz und weiß. Gretchen und ich sitzen im Theater der 13 Reihen in Opole, Polen, und schauen uns Jerzy Grotowskis Aufführung *Tragiczne dzieje doktora Fausta* von Christopher Marlowe aus dem Jahre 1963 an. Blickt man allerdings aus einem anderen Winkel in den Kubus hinein, dann sitzen wir im Stadttheater in Posen und schauen uns Grotowskis Produktion von Goethes *Faust* aus dem Jahre 1960 an. Da keiner von uns polnisch versteht, entspinnt sich die Handlung durch das Gejaule, die Lieder und Intonationen, durch das Geheul, die Hymnen, Gesten und die körperliche Akrobatik, zum Beispiel dann, wenn Faust – dem nur noch eine Stunde bleibt, ehe er Mephistopheles seine Seele überlassen muss – zwischen zwei lange Holztische fällt, die einzigen Requisiten, und sich nur mit seinen Beinen an diesen abfedert. Gretchen und ich sehen einander beeindruckt an.

Im fünften Kubus erzeugen die sausenden Elektronen eines Farbfernsehers eine Art 3-D-Seifenoper, in der ich Gretchen ficke, die mir gleichzeitig erzählt, dass sie ihre Mutter gerade unabsichtlich mit den Schlaftabletten umgebracht hat, die ich ihr irrtümlich gab, in der Annahme, es seien Pillen zur Empfängnisverhütung. Diese Neuigkeiten lassen mich meine für gewöhnlich an den Tag gelegte Selbstkontrolle verlieren und ich spritze in Gretchen ab (normalerweise praktiziere ich den *Coitus interruptus*). Nach der Werbeunterbrechung erfahren wir, dass Gretchen schwanger ist und ihr Bruder wütend darüber. Mephisto und ich, die wir uns in dieser Seifenoper selbst spielen, erschlagen Gretchens Bruder in einem Schwertkampf. Gretchen wird verrückt, ersäuft ihr Neugeborenes und wird wegen Mordes verurteilt. Ich versuche sie aus der Todeszelle zu befreien, sie weigert sich aber mitzukommen. Kurz bevor die Episode endet, gibt eine dröhnende Stimme vom Himmel herab bekannt, dass Gretchen gerettet sei. Das Publikum spendet spontanen Applaus, weil die himmlische Stimme aus der Pilotepisode genau das Gegenteil verkündet hatte.

Im sechsten Kubus gibt es nur Moos, vielleicht auch ein wenig Vogelgezwitscher. Hier ist es bemerkenswert entspannt verglichen mit all dem *Sturm und Drang* in Kubus 5, und Gretchen und ich beschließen, solange als möglich hier zu bleiben; wir paaren uns ohne Unterlass auf dem weichen grünen Boden.

12

Der schottische Dichter James Hogg war als der Schäfer von Ettrick bekannt. In der Tat aber war Hogg der Gehilfe eines Schäfers. In den verregneten Hügeln des späten 18. Jahrhunderts kratzte er unter freiem Himmel auf seiner Fidel und brachte sich mithilfe von Bibel und Zeitungen das Lesen selbst bei. In der Tat ist seine berühmtestes Prosawerk *The Private Memoirs and Confessions of a Justified Sinner* nichts anderes als eine Gegenüberstellung der Bibel mit Zeitungen und berichtet davon, wie der Teufel einen Calvinisten, der davon überzeugt ist, dass seine Seele in jedem Fall gerettet sei, zum Mörder macht.

The Private Memoirs and Confessions of a Justified Sinner beschreibt, wie ein Charakter namens Gil-Martin sich mit einem Robert Wringham befreundet, einem rechtschaffenen Puritaner, der sicher ist, dass, was auch immer er auf Erden tut, ihn nicht daran hindern wird, einer von Gottes Auserwählten im Paradies zu sein. Der seine Gestalt ändernde Gil-Martin (entweder der Teufel selbst oder Roberts Fantasiegebilde) stiftet Robert nun dazu an, mehrere Menschen zu ermorden, darunter auch dessen eigenen Halbbruder. Die Geschichte wird zweimal erzählt; einmal als „objektive"

Version eines Herausgebers von verschiedenen postumen Papieren und dann als der zunehmend verwirrte Bericht von Robert selbst.

Ganz besonders beeindruckend ist die Szene, in welcher Wringhams Mutter, eine bigotte Ehebrecherin, eine Thermoskanne, gefüllt mit den Sünden der Unerlösten, in die Nordsee wirft. Das ist deshalb beeindruckend, weil es im frühen 19. Jahrhundert noch gar keine Thermoskannen gab; sie wurden erst 1892 von Sir James Dewar erfunden.

Der visionäre Hogg hatte Glück. Ein Ergebnis des Anbruchs der Kulturepoche, die man Romantik zu nennen pflegt, war, dass man das Schäfergeschäft nun zur Hauptbeschäftigung wählen konnte, so wie etwa heute einen Job im Bankwesen. Sir Walter Scott entschloss sich, rustikale Balladen zu sammeln und Hogg war einer der Forscher, die dazu ausersehen waren, die Lieder aufzuzeichnen, welche die alten Männer in den Hügeln sangen. Infolge seiner Triumphe im Salon von Robert Burns, zog Hoggs nach Edinburgh und begann Gedichtsammlungen zu veröffentlichen, die Titel wie *The Mountain Bard* und *Mador of the Moor* trugen. Als eine Art edler Wilder und Sohn der Ackerfurche gelang es Hogg, zahlreiche Frauen flachzulegen, unbesehen der Tatsache, dass nur zwei seiner vier Extremitäten seine eigenen waren.

In *Blackwood's Magazine* gab es eine regelmäßige Kolumne, die Hogg klischeehaft als Inselbegabung beschrieb. Die Menschen aus den Städten wollten über das Land um sie herum Bescheid wissen, und die Menschen aus Deutschland wollten mehr über Schottland erfahren. Alles Bäuerliche, Bukolische und Ländliche kam in hohem Maße in Mode. Und damit will ich sagen, dass alles, was mit Moos zu tun hat, mit allem zusammenhängt, was mit Ruhm zu tun hat.

13

Vielen Dank für Ihre Geduld. Jetzt beginnt meine Geschichte wirklich. Zumindest der architektonische Teil. Man sagt, dass das einzig Gute am Ruhm sei, dass man im Restaurant einen Tisch bekommt – sein eigenes Traumhaus allerdings zu bauen, ist noch viel besser.

Von Anfang an hatte ich ein beinah unmögliches Haus im Sinn. Es sollte am Gipfel eines Berges stehen, den Ludwig Hohl in seiner prägnanten und schrägen Novelle *Bergfahrt* beschreibt. Zwei Bergsteiger besteigen einen Gletscher in der Schweiz. Einer von ihnen, entmutigt von der andauernden Gefahr, kehrt um. Der andere, der weiß, dass die Sache nur schlecht ausgehen kann, kämpft sich unerbittlich Richtung Gipfel weiter.

Selbstverständlich ist es eines der schwierigsten Dinge überhaupt, auf dem Gipfel eines Berges ein Haus zu bauen. Allein schon der Aufwand, die Arbeiter und die Baumaterialien jeden Tag zur Baustelle zu bringen, kommt einer Sisyphusarbeit gleich und man braucht dafür Klettereisen, Sauerstoffmasken und Pickel. Aber das machte natürlich den Reiz aus. Diese Schwierigkeiten, die Sinnlosigkeit und das Versprechen totaler Abgeschiedenheit, die solch eine Anlage bieten würde, wenn sie erst einmal fertiggestellt war.

Das Haus war der greifbarste Lohn für den weltweiten Erfolg von *Das Buch vom Moos*. Ich stand im Begriff, das Geld, das ich durch meine Popularität unter den Menschen eingenommen hatte, für etwas auszugeben, das absolut abgeschieden von diesen Menschen lag. Das ist kein ungewöhnliches Paradox. Die Prominenten, die wir alle so sehr lieben, hassen und fürchten uns; das zeigt sich schon allein an den hohen Zäunen um ihre Häuser und an ihren schwer bewaffneten Leibwächtern. Für mich aber war der Berg Leibwächter genug, höhere Zäune brauchte ich nicht.

Aber welcher Berg? Hohl war in dieser Sache nicht konkret. Sein Berg war eine Mischung von tausend generisch zerklüfteten Alpen. Ich musste also einen Berg wählen, der für all die anderen stand. Da gab es nur eine Möglichkeit: das Matterhorn. Mein Haus würde dort am Gipfel stehen, 4.478 Meter über dem Meeresspiegel.

Das Matterhorn hat mir immer schon Angst eingejagt. Ich finde diesen Berg – gewaltig, kahl, tot, kantig, unverrückbar – genauso schrecklich, wie ich als Kind Planetarien schrecklich fand. Sie bewiesen, ohne den geringsten Zweifel aufkommen zu lassen, dass ich winzig und unbedeutend bin und in einer lächerlich kurzen Zeitspanne tot. Der Weltraum ging immer weiter, ich aber nicht. Nur mein Tod war ebenso endlos.

Das Matterhorn, wie es sich auf einer Reihe von gegoogelten Bildern darstellt, ist zutiefst aggressiv, eckig und gleicht einem Hai. Es ist gewaltig und hart und dennoch nicht zu gewaltig und hart für die heutigen gewaltigen und harten Menschen. Der Berg, so wie er sich heute zeigt, wirkt wie ein Entwurf Zaha Hadids. Etwas Kaltes, Technologisches, Schroffes, Schiefes, Kapitalistisches. Wie etwas, das von der triumphierenden Bildlichkeit des Sports erfüllt ist; er sieht aus wie eine Leistung, eine Errungenschaft. Ist das Kokain auf den Hängen des Matterhorns? Ist es aus Stahl? Hat James Bond den Südhang schon mit Skiern befahren?

(Nur am Rande: Ludwig Hohl wurde aus der Schule geworfen, weil er zu oft über Frauen, Zigaretten und Nietzsche sprach.)

Das Matterhorn, so wie es heute gesehen wird, gleicht in keiner Weise der warmen, eingebundenen natürlichen Form, die man von den gelbstichigen Postkarten aus den 50er-Jahren kennt, umrahmt von prachtvollen Kiefern. Heute scheint es zu sagen: „Fickt euch, ihr Verlierer, ich bin der stolze Sieger im Bergrennen!" Oft wird es gemeinsam mit einem Flugzeug gezeigt, das gerade vorbeifliegt, oder mit Abenteurern mit Eispickeln und schlechten Sonnenbrillen im Vordergrund, oder als ein Modell aus einem Themenpark, das gerade von Menschenhand errichtet wird, oder als Logo einer Filmgesellschaft oder mit einer albtraumhaft riesigen Hängebrücke, die an ihm hängt, oder wie ein blutiger Vampirzahn bei Sonnenuntergang.

Befindet sich der Gipfel des Matterhorns in Italien oder in der Schweiz? Wird mir Peter Zumthor das Moos-Haus, meinen Schlupfwinkel auf der höchsten Zinne, entwerfen? Wächst Moos überhaupt auf 4.478 Metern über Meeresniveau? Hat Piet Oudolf Zeit, mir einen Moosgarten anzulegen? Mit wem soll ich die Baugenehmigung besprechen und welche Baufirma ist für ein solches Unternehmen am besten gerüstet? Wenn ich eingezogen bin, wo kaufe ich dann Milch?

14

Gretchen liegt nackt und bäuchlings auf der Tatami-Matte neben meinem Sofa. Ihr zerwühltes schwarzes Haar ergießt sich über die Seiten zweier Gartenbücher. Sie ist begeistert beim Gedanken ans Matterhorn-Haus und ganz besonders an den dazugehörigen Hofgarten.

– Heinrich, fragt sie, was ist stärker: Moos oder Gras?

– Was meinst du mit „stärker"?

– Ich meine, welches von beiden wird das andere verdrängen, wenn wir uns nicht einmischen? Diese Bücher hier geben mir unterschiedliche Antworten. In *Natural Gardening in Small Spaces* von Noël Kingsbury heißt es:

Moose wachsen für gewöhnlich ganz von selbst, wenn die Bedingungen passend sind. Doch während sie mit sehr kleinen blühenden Pflanzen und einigen Farnen gut gemeinsam gedeihen können, können sie vom Gras oder anderen kräftigen, größeren Pflanzen erstickt werden – das vorsichtige Ausjäten von Setzlingen ist daher für den Moosgarten von entscheidender Bedeutung.

Doch in *Gardening with Grasses* von Michael King steht:

An den Stellen, wo die Ableitung des Wassers nur schlecht gelingt, wird das Gras rasch vom Moos überwuchert.

– Was nun? Wird das Moos vom Gras erstickt oder überwältigt das Moos das Gras?

Ich sage ihr, dass es nur allzu natürlich ist, dass ein Buch mit dem Titel *Gardening with Grasses* für das Gras Partei ergreifen wird. Ich erkläre ihr außerdem, dass das Geheimnis beim Schreiben von Gartenbüchern darin besteht, überzeugend und Respekt einflößend zu klingen.

Es ist sehr wahrscheinlich, dass niemand auch nur ein Fünkchen Ahnung von den Moosen hat, der Witz besteht aber eben darin, sicher aufzutreten und das Vertrauen der Herausgeber und der Leser damit zu erringen. Gartenbücher verkaufen sich nämlich besser als alle anderen Bücher auf der Welt zusammengenommen, und dieses beachtliche

Kunststück gelingt ihnen nur, weil sie den Ton grundsolider Expertise anschlagen.

– Und die Leute überprüfen das nicht?

Ich doziere, dass es höchst unwahrscheinlich sei, dass ein Lektor, der gerade das Manuskript eines Gartenbuches liest, ein Experiment machen wird, um festzustellen, ob die über das Moos getroffenen Behauptungen auch wahr sind. Lektoren verfügen nicht über derlei Fähigkeiten. Darüber hinaus macht die Tatsache, dass das Moos wächst, wo und wann es will, eine solche Überprüfung doppelt unwahrscheinlich.

– Ich denke du hast recht, Schatz. Du bist so klug! Aber was ist mit den Lesern? Könnten die das nicht überprüfen?

Dasselbe gilt für das allgemeine Gartenbuchpublikum, erkläre ich Gretchen. Wenn man das Moos nicht mit einer Mischung aus Kuhdung und Joghurt anlocken kann, um auf angekohlten Lärchenbrettern oder Betonwänden zu wachsen, dann ist es auch durchaus begreiflich, dass vielleicht niemals irgendetwas über Moos gesagt werden kann – oder vielmehr: Alles kann über Moos gesagt werden, ohne dass man dabei Angst haben müsste, in einen Selbstwiderspruch zu geraten.

– Das klingt sehr plausibel, sagt Gretchen. Wie aufregend!

Ich erläutere Gretchen, dass dies mein Ansatz war, als ich *Das Buch vom Moos* geschrieben habe. Weder fürchtete ich irgendwelche Widersprüchlichkeiten, noch tolerierte ich sie. Gretchen lacht.

– Wie wunderbar, in der Lage zu sein, rein gar nichts zu sagen. Aber haben die Experten in Sachen Moos bei ein paar von deinen gewagteren Behauptungen nicht befremdete Einwürfe gemacht? Als du zum Beispiel behauptet hast, Moos könne töten und kleine Säugetiere fressen, in Geschäften einfache Einkäufe tätigen oder an einem windigen Tag tanzen?

(Sie macht nur Spaß. Ich habe niemals irgendetwas dergleichen behauptet.)

– Keineswegs. Ich fand heraus, dass es auf der Welt überhaupt keine Moosexperten gibt. Diese Profession habe ich mit dem *Buch vom Moos* erst begründet.

Gretchen betrachtet mich liebevoll.

– Das hast du getan, mein liebster Schlaukopf. Wie Sherlock Holmes. O Heinrich, wie glücklich bin ich doch, dich zu haben.

Gretchens Anhimmelei stimmt mich etwas verdrießlich, denn sie erinnert mich daran, dass ihre Liebe für mich eine von Mephistopheles erkaufte ist. Das ist keine echte Hingabe, sondern etwas Hohles und Roboterhaftes, der bedeutungslose Triumph dessen, der gegen seinen Schachcomputer immer auf dem schwächsten Level spielt.

– Du solltest dir keine Hoffnungen machen, sage ich zu meinem hübschen, aber hohlen Mädchenroboter. Auf dem Gipfel des Matterhorns heulen ständig grausame Stürme über die blanken Marmorklippen. Es ist höchst unwahrscheinlich, dass in unserem Garten überhaupt etwas wachsen wird.

15

In der einundzwanzigsten Episode der dritten Staffel von *Mary Tyler Moore* bekommt der Journalist Murray Slaughter das Muffensausen, als ein Kollege von ihm den Pulitzerpreis gewinnt. Die Jahre ziehen rasch vorüber und Murray hat nichts vorzuweisen.

Laurie Anderson hat einen Gastauftritt im Nachrichtenstudio, stellt den Ständer für ihr Keyboard auf, legt eine weiße Anzugjacke an und intoniert – nach einer Runde Zwischenapplaus des Studiopublikums – ihre hypnotisch-gespenstische Nummer *White Lily*, die so geht:

Welcher Fassbinder-Film ist das? Der Einarmige kommt in den Blumenladen und sagt:

Welche Blume steht für das Vergehen der Tage, die unentwegt vergehen und dich in die Zukunft reißen?

Und die Blumenhändlerin sagt:

Die weiße Lilie.

Aber vielleicht spielt mir auch meine Erinnerung Streiche, denn die betreffende Episode von *Mary Tyler Moore* wurde 1973 ausgestrahlt und in diesem Jahr hat Laurie Anderson noch Underground Comics gezeichnet und Besprechungen fürs *Artforum* geschrieben.

Doch wie auch immer: Laurie und Mary reisen nach München, um dort Fox zu treffen, den Schwulen aus der Arbeiterklasse in Fassbinders *Faustrecht der Freiheit*, der vom Regisseur selbst gespielt wird. Fox hat gerade 500.000 Mark in der Lotterie gewonnen und findet heraus, dass ein paar der schwulen Snobs, die ihn für gewöhnlich verächtlich behandelten, nun ganz wild darauf sind, mit ihm zu flirten und ihn auszunehmen. Fox stellt ihnen eine Aufgabe: Wer von ihnen Murray Slaughter verführt (offensichtlich ein Heterosexueller reinsten Wassers, obwohl man sich dessen ja niemals sicher sein kann), bekommt die Hälfte des unerwarteten Geldregens ab.

Anfangs ist Murray von der Aufmerksamkeit geschmeichelt, die ihm entgegengebracht wird, aber er teilt den Münchner Schwulen mit, dass er verheiratet sei und Frau und Kinder daheim in Minneapolis hätte. Doch schon bald wird der Druck zu hoch, und Murr befindet sich irgendwann auf der Flucht.

Mary und Laurie sind gerade im Blumenladen in der Aberlestraße, als sie die schreckliche Nachricht erreicht: Murray Slaughter ist ermordet worden, sein zerstückelter Leichnam wurde in einem cremefarbenen Mercedes 300 SL Sport Coupé gefunden, der verlassen in dem Dörfchen Weng abgestellt wurde, das zwischen der Goldberggruppe und der Ankogelgruppe unweit der österreichischen Marktgemeinde Schwarzach im Pongau liegt.

Als Ted Baxter die Nachricht von Murrays Tod live im Fernsehen verlesen muss, reicht ihm Lou Grant versehentlich einen witzigen Nachruf, den Mary einmal aus reiner Langeweile verfasst hat, als Murray noch am Leben war. Dieser Nachruf zitiert den gesamten Erstlingsroman *Frost* von Thomas Bernhard. Die Episode dauert sieben Stunden und Murray Slaughters Tod wird niemals aufgeklärt. Allerdings kommen die Ansichten Strauchs, eines verrückten Malers, der alles und jeden hasst, ans Licht.

16

Meine Matterhornpläne entwickeln sich vortrefflich. Zumthor scheint interessiert und hat schon zarte Erstskizzen mit blauem Kugelschreiber geschickt. Die lokalen Behörden – heftig bestochen – haben uns zugesagt, dass wir die Solvayhütte, die schon am Gipfel steht, kaufen und umbauen können. Und Piet Oudlof experimentiert bereits mit diversen Mooskombinationen für den inneren Hofgarten.

Während die Bauarbeiten fortschreiten, lebe ich in einem Bürohaus an einer Straßenecke in Osaka. Hier liege ich also auf dem Sofa und schreibe gerade dieses Buch. Eine dünne metallene Jalousie schirmt mich von der Straße draußen ab, von der ich Regen und Menschen und Spatzen hören kann.

Auch von Goethe trennt mich nur eine dünne metallene Jalousie, obgleich dieser, anders als ich, stehend schrieb. Manchmal höre ich ihn husten oder kichern, wenn er hinter mir steht und dieses Manuskript über meine Schulter hinweg liest.

Ich mag an Osaka, dass ich hier absolut fremd bleiben kann. Fremd zu sein ist ein Luxus, genauso wie berühmt zu sein oder tot zu sein oder in einer Welt zu leben, in der sich strukturloses Moos nach allen Richtungen hin bis an den Horizont erstreckt.

Wenn ich nicht schreibe, fahre ich mit dem Fahrrad durch die endlosen nichtssagenden Vorstädte – sie sind so gebaut, dass man sie mit Moos vergleichen kann, das sich bis an den Horizont erstreckt. Mein Fahrrad ist ein japanisches *Mamachari* mit Kindersitz, in welchem für gewöhnlich der winzige Goethe sitzt und wimmert, weil sich ein toter Zahn schmerzhaft durch das Babyzahnfleisch bohrt. Goethe und ich fahren zumeist während und nach der Dämmerung mit dem Fahrrad und versuchen einen Blick in die Häuser der Menschen zu werfen, unbesehen der Tatsache, dass das ganz unmöglich ist, weil in Japan die Fenster winzig und immer übertrieben gewissenhaft verhängt sind.

Gemeinsam mit Goethe nachts in die Fenster von Häusern einer Stadt am anderen Ende der Welt zu starren kommt für mich dem Tod am nächsten. Das ist tatsächlich sehr angenehm. Goethe weint oft heftig über die Schönheit von alledem.

Wir kommen uns wie Gespenster vor oder wie die Leser eines Romans. Die Leben entfalten sich vor unseren Augen auf eine Weise, die uns zwar in Beschlag nimmt, niemals aber wirklich gefangen. Goethe hat mir allerdings etwas voraus: Er ist tatsächlich tot.

Da fällt mir ein: Schon oft habe ich mich gewundert, warum Museen, die doch gebaut werden, damit man der Augenlust frönen kann, so schwer von Aufsehern, Portiers und Wärtern bewacht werden. Das Schauen muss eine sehr gefährliche Sache sein.

Paul Klee schrieb etwas sehr Schönes in sein Tagebuch:

Denke dir, du wärest gestorben: nach langen Jahren des Fernseins wird dir ein einziger Blick erdenwärts ermöglicht. Du siehst eine Laterne stehen und einen alten Hund, der sein Bein hebt. Schluchzen mußt du da vor Ergriffenheit.

17

Als Gretchen Agnes trifft, ängstigt sie dieses Erlebnis beinahe zu Tode.

Als mein Alter Ego gekleidet sitze ich vor dem Spiegel und schraube mir meine künstlichen Gliedmaßen ab. Der Raum wird von Kerzen erhellt, die in den leeren Augenhöhlen von Totenschädeln stecken. Ein Hörbuch des radikalen Wiener Journalisten Robert Misik ist zu vernehmen.

– Wer bist du? Stammelt Gretchen. Du bist nicht mein Heinrich!

Ich erkläre ihr, dass ich Agnes bin und wer sich für Heinrich entscheidet, der kriegt Agnes gratis mit dazu.

– Ich will keine Agnes, ich will nur meinen Heinrich!

Armes, einfältiges, liebendes Gretchen! Komm her, mein Kind. Agnes wird dir nichts tun! Agnes ist freundlich und gut und liebevoll! Agnes und Gretchen können die Kleider tauschen und das Make-up teilen und über Männer meckern und ihre Menstruationszyklen aufeinander abstimmen! Warte mal, lass mich diesen Robert Misik abschalten.

Aber Gretchen hat schon ein paar Sachen in einen Koffer geworfen und ist weggelaufen. Später werde ich via Twitter erfahren, dass sie erkannt wurde, als sie in der Schneider-Wibbel-Gasse Gänse hütete oder (und das ist wahrscheinlicher) für irgendeinen Düsseldorfer Modedesigner modelte. Ich werde außerdem erfahren, dass sie versehentlich ihre Mutter umgebracht hat, mit meinem Kind schwanger geht, und dass ihr Bruder Valentin über all das völlig außer sich ist, und dass man nun Maßnahmen ergreifen muss.

Später höre ich durch eine 140-Zeichen-beschränkte Twitter-Nachricht, dass Gretchen verrückt geworden ist, meinen Sohn ertränkt hat und schon bald wegen Mordes verurteilt werden wird. Ich werde erfolglos versuchen, sie aus der Todeszelle zu befreien, aber es bräuchte schon einen Deus ex Machina um derlei hinzubekommen.

Ach übrigens – haben Sie *Faust* gelesen? Goethes *Faust*? Haben Sie nicht? Das MÜSSEN Sie aber unbedingt! Was heißt das? Muss ich? Na ja, nicht den ganzen. Der Großteil besteht aus Knittelversen über Musen und die Natur und so weiter. Und absolut *niemand* liest den zweiten Teil, der voll von durchgeknalltem Zeug über Pygmäen, Papiergeld, Faune und das Ewig-Weibliche ist.

Ihr wisst ja – Bücher werden gemacht, um nicht gelesen zu werden. Sogar in diesem Augenblick, wenn ich diese Worte schreibe, weiß ich genau, dass dieses Buch von weitaus mehr Menschen nicht gelesen, als es von Menschen gelesen werden wird. So soll es auch sein. Bücher sind nicht wie die Bildenden Künste, wo man sich schon nach ein paar flüchtigen Blicken eine Meinung bilden darf („Ich *liebe* Olafur Eliassons Große Sonne!"). Mit Büchern, auch mit törichten, so wie diesem hier, das ich in einem Industriebau in Osaka schreibe, muss man sich auf profunde Weise, ausdauernd und intellektuell auseinandersetzen; nur sehr wenige Menschen sind bereit oder in der Lage, das zu tun. Doch selbst wenn Leser all diese Mühen auf sich nehmen, können sie trotzdem den eigentlichen Dreh komplett missverstehen. Welcher normale Mensch ist schließlich in der Lage, Goethes verschrobene griechisch-christlich-Gothic-aufklärerische Weltsicht zu begreifen? Sogar ein Leser, der auf irgendeine wundersame Weise das Ganze versteht, wird bereits innerhalb einer Woche alles wieder vergessen haben, und für den ganzen

Aufwand bleibt ihm nicht viel mehr als das vage Gefühl des Déjà-vu beim Wiederlesen, so wie es uns auch geht, wenn wir Zitate aus *Hamlet* hören.

Die literarische Welt funktioniert aufgrund eines ausgefeilten Systems von Vorspiegelungen. Ich gebe vor, das Buch gelesen zu haben, für das ich den Klappentext verfassen soll; ich gebe vor, das Buch meines Freundes gelesen zu haben; ich zitiere irgendetwas Tiefsinniges aus dem Buch meines Bruders, so als ob ich es gelesen hätte; ich erwähne meinem Lektor gegenüber, wie sehr ich mit der „dichten Prosa" seines eigenen Bandes ringe, während er dafür bezahlt wird, meine eigene dichte Prosa zu redigieren; ich gebe meine Ansichten über Knausgårds *Leben (Mein Kampf)* zum Besten, ohne das Buch je in Händen gehalten zu haben; ich lese die Glossen von Zusammenfassungen quer und fasse Glossen von Quergelesenem zusammen. Das Studium der Literaturwissenschaft an einer Universität dient bloß dazu, Fähigkeiten zu erwerben, andere glaubwürdig davon zu überzeugen, dass man Bücher gelesen hätte, die man nie gelesen hat. Ich bezweifle stark, dass es jemals einen Leser gab, der in seinem Geist genau die Bilder und Assoziationen nachbildete, die der Schreiber im Sinn hatte.

Zum Glück liebe ich Zusammenfassungen.

18

Charles Henry Winer ist Journalist und reist entlang des Hominidenstreifens, einem radioaktiv verseuchten Kaktuskorridor, der von Zentauren bevölkert ist, mit denen er Sex hat. Sein letztes Ziel ist die im Westen gelegene Gelehrtenrepublik.

Diese ist eine mobile Insel im Pazifik, die mit der Crème de la Crème intelligenter Talente aus der ganzen Welt besiedelt ist. Man schreibt das Jahr 2008, in der Tat ist es aber 1957.

Immer noch mit Zentaurenspermaflecken auf seiner Hose kommt Winer dort an und muss feststellen, dass die Insel von einem Kalten Krieg quer durch die Mitte geteilt ist. Die Künstler aus der freien Welt sind dekadent und fett, wohingegen die aus dem kommunistischen Bezirk kollektiv Romane schreiben und Uniformen tragen. Winers Bericht über diese Spannungen wird auf Deutsch, einer toten Sprache, veröffentlicht, um die Auswirkungen seiner Untersuchungsergebnisse zu minimieren.

Ein Schriftsteller, der sich ein Manuskript für ein Buch zusammenspinnt, gleicht einem Banker, der Schulden macht, von denen er weiß, dass er sie niemals zurückzahlen können wird. Auf der einen Seite ist es Zeitverschwendung, „absichtlich Wasser mit einem Sieb zu schöpfen", um Dostojewski zu zitieren. Der Aufwand wird sich nicht lohnen. Auf der anderen Seite ist das aber ein ungeheuer wichtiger Vorgang, durch den das kulturelle Charisma – der kulturelle Glamour – mittels eines Schuldmechanismus erzeugt wird.

Ein Buchregal ist eine glamouröse Reihe von Vorwürfen. Wir wissen, dass es da Bücher gibt, die wir lesen sollten, und andere, die wir gelesen haben sollten, denn man sagt von ihnen, sie seien wunderbar und würden aus uns bessere Menschen machen. Da sitzen sie dann auf dem Regal und scheinen uns zu beobachten, auf den günstigsten Augenblick für unsere geistige Bereitschaft zu warten. Doch wir schaffen es doch nicht, sie zu lesen. Deshalb fühlen wir uns dann schuldig. Diese Bücher scheinen uns zu sagen:

– Du bist so oberflächlich und faul. dein Leben könnte viel erfüllter und kreativer sein, aber du, du vergeudest deine Aufmerksamkeit beim Fernsehen und bei Facebook oder bei unproduktiv leerem Geschwätz oder beim Sport oder vor Installationen von Olafur Eliasson.

Diese Schuld ist viel wunderbarer, als es die Bücher je selbst sein könnten, und spirituell weitaus mehr erhebend. Die Ungelesenheit von Büchern stellt ihre Gelesenheit sowohl hinsichtlich der Schönheit wie auch der Nützlichkeit in den Schatten. Es ist ungemein wichtig daran zu glauben, dass es Höhen gibt, die wir nicht erklimmen können, Berge, auf die wir zwar aus der Ferne einen Blick werfen, sie aber niemals besteigen können. Das ist beinahe so, als ob man an das Paradies glaubte. Um schon hier Kafka zu zitieren:

Theoretisch gibt es eine vollkommene Glücksmöglichkeit: An das Unzerstörbare in sich glauben und nicht zu ihm streben.

Ein ungelesenes Buch ist eine Illusion, welche die ganze Welt verzaubert. So wie das Papiergeld, über das Goethe sich im zweiten Teil seiner Tragödie so ereifert, ist auch die Legitimität der Geisteswissenschaften auf Dunst, Glamour, Lügen und Lücken gegründet. Das Geld ist von spekulativen Werten, Schulden und Schuldverschreibungen abhängig, die, würde man sie tatsächlich einfordern, sich als fiktiv erweisen würden und das ganze System zum Zusammenbruch bringen. Papiergeld und Bücher gehorchen demselben Imperativ:

– Setzt die Druckmaschinen in Gang!

In der Tat würde ich ja sogar so weit gehen und behaupten, Bücher *sind* Papiergeld und Papiergeld *ist* ein Buch.

Wenn das Papiergeld ein spezifisches Buch zu sein hätte, dann würde ich für diese Rolle Reinhard Lettaus Taschenbuch *Schwierigkeiten beim Häuserbauen* vorschlagen, das 1965 in der Sonderreihe bei dtv mit einem sensationellen Umschlag mit Gittergebilde aus schwarzer Tinte und Helvetica, entworfen von Celestino Piatti, erschienen ist.

19

Das Buch vom Moos ist bei Suhrkamp erschienen. Darauf habe ich bei meinem ursprünglichen Handel mit Mephisto bestanden: Es musste Suhrkamp sein. Kein anderer Verlag würde dem Moos eine solche Großartigkeit verleihen. Und – obgleich es sich sehr gut verkaufte – würde kein anderer Verlag es meinem Buch möglich machen, auf so elegante Weise ungelesen zu bleiben.

Ich liebe den Suhrkamp Verlag nicht wegen der Bücher, die er veröffentlicht – um ganz ehrlich zu sein, habe ich kein Einziges von ihnen gelesen –, sondern wegen der Bücher, die ich mir vorstelle, dass er sie veröffentlicht. Die Bücher des Suhrkamp Verlags sind von Grund auf ernsthaft, wie das nur deutschsprachige Bücher sein können, aber auch radikal und schockierend intelligent. Selbst wenn sie für die Revolution im Namen des Proletariats plädieren, wird das in Begriffen formuliert, die nur eine verschwindend kleine Elite versteht.

Seit Gretchen mich verlassen hat, hatte ich jede Menge Zeit auf den Desktop meines Computers zu starren. Er zeigt drei Pseudo-Suhrkamp-Cover auf iPads. Da gibt es *Sperrzone Fukushima. Ein Bericht* von William T. Vollmann (Typo:

Stempel Garamond, Schriftschnitte: normal und kursiv; in einem Farbrahmen von Rotbraun). Da gibt es *Weihnachten. Das globale Fest* von Daniel Miller (Typo: Stempel Garamond, Schriftschnitte: normal und kursiv; in einem Farbrahmen von fahlem Khaki). Und dann gibt es da *Halbe Freiheit. Warum Freiheit und Gleichheit zusammengehören* von Robert Misik (Typo: Stempel Garamond, Schriftschnitte: normal und kursiv; in einem Farbrahmen von Taubenblau).

Das sind echte Bücher, die von dem jungen Grafikdesigner Hagen Verleger neu gestaltet wurden. Er benutzt keine Bilder auf den Umschlägen, nur Schrift und Design. Verleger besitzt ein beinahe japanisches Gefühl für Design, bei dem sich Kargheit und Sinnlichkeit die Waage halten; und für digitale Formen, die sich die Aura – ja beinahe den Geruch – von gedruckten Papierobjekten ausleihen; und für die Kombination aus majestätisch herbem Konservativismus und der Radikalität der Avantgarde. Durch ihre strengkontrollierte Farbe und Symmetrie besitzen seine gefakten Suhrkamp-Bucheinbände tatsächlich mehr visuelle Berechtigung als die von Suhrkamp selbst gedruckten, die zuweilen schlampig, in sich unschlüssig und schlecht durchdacht daherkommen.

Wenn ich Suhrkamp wäre, würde ich sofort Verleger einstellen, um damit das Gesicht zu wahren. Doch gleichzeitig gefällt mir die Idee, dass er eine parallele Suhrkampkultur in die Welt setzt, die dem parallelen Rechtssystem in Kafkas *Prozess* ebenso entspricht wie dem parallelen Postsystem in Pynchons *Die Versteigerung von No. 49.*

Ich bin mir ganz sicher, dass auch Verleger noch niemals ein Buch von Suhrkamp gelesen hat. Eigentlich ist es sogar möglich, dass überhaupt noch niemand jemals ein Buch von Suhrkamp gelesen hat. Das macht Suhrkamp zum perfekten Verlag, weil – wie wir bereits gesehen haben – es eben das Schicksal der meisten Bücher bleiben muss, zumeist ungelesen zu bleiben. Die Ungelesenheit ist der Wesenskern des Buches, der selbst jedoch niemals unlesbar bleiben sollte. Es ist eher so, wie in Kafkas Parabel *Vor dem Gesetz*, dass sich das staubige Buch selbst aus dem Regal schieben und zu seinem Besitzer, wenn dieser dem Tod ins Auge blickt, sagen soll:

Dieser Eingang war nur für dich bestimmt. Ich gehe jetzt und schließe ihn.

20

In meinem Leben wird es ein bisschen einsam. Ich beginne darüber nachzudenken, wie es Goethes Faust, meinem Vorfahren, gelungen ist, die Heirat mit seiner Idealfrau, der schönen Helena, einzufädeln. Könnte es so jemanden auch für mich geben? Wen würde ich wählen?

Die Antwort auf diese Frage stellt sich eines Tages ein, als ich auf Tumblr einen Fanblog über Aoi Yu, japanische Schauspielerin und Model, betrachte. Aoi Yu hat das einnehmende Aussehen eines Eskimos und sie lacht viel. Ich mag auch, was ich über ihre Persönlichkeit lese. Wussten Sie, dass Aoi Yu in einer Badewanne aus Zedernholz badet, die sie randvoll füllt, um dann, wenn sie hineinsteigt und bis zum Hals eintaucht, das überschüssige Wasser auf den Badezimmerboden überlaufen zu lassen? Wenn die Wassertemperatur merklich gesunken ist, taucht sie ihr Gesicht ins Wasser und freut sich darüber, dem noch warmen Wasser zu lauschen, das von ihrem Gesicht verdrängt wird und auf die Fliesen herunterschwappt.

Durch das Geräusch des so verdrängten Wassers weiß sie, ob ihr Gesicht größer oder kleiner geworden ist.

Eine solche Frau wäre mir eine sehr hübsche Ehefrau, obwohl sie noch am Leben ist.

Am darauffolgenden Tag entdecke ich in einem Secondhandbuchladen einen Fotoband mit dem Titel *Dandelion* von Yoko Takahashi. Yoko hat Aoi Yu nach Sibirien mitgenommen und sie dort in Bauernkitteln und Pelzmützen fotografiert. Wir sehen Yu, wie sie schwarzen Tee in der Transsibirischen Eisenbahn trinkt, sie sitzt bekleidet mit Knickerbockern in ihrem Schlafwagenabteil und besucht hutzelige alte Frauen, deren Gesichter wie Holzäpfel aussehen, in deren Datschen mit dramatisch wirkenden Bergketten im Hintergrund. Die Aufnahmen wurden in Chabarowsk, Irkutsk, Buryatskaya, Nowosibirsk und Wladiwostok gemacht. Die furchterregende Kälte verleiht Aoi Yu eine rotwangige Frische und der Schnee wirkt wie ein riesiger Reflektor, der helles, gleichmäßiges Licht auf ihr einfaches und freundliches Gesicht fallen lässt.

Ich beschließe, Mephisto zu fragen, ob ich Aoi Yu, so wie sie auf den Seiten des Fotobuchs von Yoko Takahashi zu sehen ist, zu meiner schönen Helena machen kann.

Die Antwort ist zustimmend, beinhaltet jedoch Klauseln: Ich kann mir Aoi Yu zur Braut nehmen, unser zukünftiges Leben muss sich dann aber auf dem Gebiet und in den Kostümen abspielen, die auf den Fotos in Takahashis Buch zu sehen sind. Es wird in alle Ewigkeit 2008 sein und wir werden ohne Unterlass mit der Transsibirischen Eisenbahn fahren und für Fotoshootings in Chabarowsk, Irkutsk, Buryatskaya, Nowosibirsk und Wladiwostok Zwischenhalte machen. Auch wird Yoko Takahashi – die selbst ein wenig in Aoi Yu verliebt ist – uns stets begleiten und Aufnahmen machen.

Ich willige ein.

Die Reise wird zur Katastrophe. Takahashi tut alles in ihrer Macht stehende, um zu verhindern, dass Aoi Yu und ich unsere Ehe vollziehen können. Mit Taschenlampe und Kamera bewaffnet stürzt sie immer wieder mitten in der Nacht in unser Abteil. In Chabarowsk werde ich von einer ganzen Meute von Huskys gebissen, als ich versuche, eine Straße bei Rot zu überqueren. In Irkutsk fängt sich Aoi Yu durch den Verzehr von rohem Bärenfleisch eine gefährliche Mageninfektion ein und ein örtlicher Arzt zwingt sie, getrocknete tote Bienen dagegen einzunehmen. In Buryatskaya teilen uns die Behörden mit, dass unsere Pässe ungültig sind; wir sind gezwungen, eine Woche in einem kahlen Blechschuppen zu verbringen, in dem es kalt ist und nach Geschlechtern getrennt wird. Ein Telegramm aus Tokio klärt die Sache auf, aber wir müssen weitere vier Tage warten, ehe die nächste Transsibirische Eisenbahn vorbeikommt. In Nowosibirsk macht sich Takahashi auf die Suche nach Filmmaterial für ihre Mittelformatkamera und mir gelingt es schließlich, ein paar schöne Momente mit Aoi Yu zu teilen – doch nur um herauszufinden, dass sie an Vulvovaginitis leidet, was die Penetration unmöglich macht.

Wir kehren nach Wladiwostok zurück, machen einen russisch-orthodoxen Erzbischof ausfindig, der dazu berechtigt ist, unsere satanische Ehe aufzulösen und gehen dann getrennte Wege.

21

Ich bin mit dem Verlagsleiter von Suhrkamp zum Mittagessen verabredet. Nicht vom echten Suhrkamp Verlag, sondern vom parallelen, der – auf mysteriöse und imaginäre Weise – von den Pseudobuchumschlägen des Designers Hagen Verleger ins Leben gerufen wurde.

Der Chef von Suhrkamp Parallel ist Wilhelm Verleger, Hagens Vater. Früher Elektriker in Bremen, wurde er am selben Tag, an dem sein Sohn das Project Suhrkamp, die elegante Reihe von Vorschlägen für einen Relaunch des Suhrkamp-Katalogs, veröffentlichte, in die leitende Position des renommierten Parallelverlags katapultiert.

Suhrkamp Parallel veröffentlicht die gleichen Bücher wie Suhrkamp Original, jedoch mit anderen Buchumschlägen. Aber, wie mir Wilhelm bei Ostseehering, Sauerrahm und Petersilie erklärt, planen die eleganten Hochstapler einen verwegenen Zug: Sie wollen sich an die lebenden Autoren von Suhrkamp Original wenden und sie fragen, ob sie nicht aufregende neue Bücher in petto hätten, die dann exklusiv bei Suhrkamp Parallel erscheinen sollen. Man habe sogar die Absicht, teilt mir Wilhelm mit, Ghostwriter anzustellen, um die Stile verstorbener Suhrkamp-Autoren zu imitieren und so würden neue Werke produziert werden, die aus dem Jenseits kommen.

Während wir uns durch Wildschwein, Rote Beete und Mengen von gerösteten und mit Schweineblut beträufelten Süßkartoffelscheiben essen, erzählt mir Wilhelm von der wechselvollen Geschichte seines Verhältnisses zu seinem Sohn. Hagen war ein fauler Junge und keineswegs ein guter Schüler.

Er zog es vor, Skizzen zu entwerfen, in den Tag hineinzuträumen und Männchen zu malen, anstatt sich auf den Unterricht zu konzentrieren. Nach der x-ten Verwarnung durch seine Lehrer rief Wilhelm seinen Sohn an seine Elektrikerwerkbank und sagte zu ihm:

– Hagen, ganz gleich wie deine Lehrer und ich uns auch bemühen, es gelingt uns nicht, auch nur einen Funken Wissen in deinen Kopf zu kriegen. Deshalb habe ich mich entschieden, dich für ein Jahr in einen Förderunterricht zu schicken, um zu sehen, ob du wieder zu deinen Klassenkameraden aufschließen kannst.

Der Junge wurde also zu einem Privatlehrer nach Bern geschickt. Als er zurückkehrte, fragte Wilhelm Hagen, was er denn gelernt hätte.

– Vater, ich habe gelernt, was die Hunde sagen, wenn sie bellen, antwortete der Junge.

Wilhelm war schwer verärgert – ein Jahr verschwendet! Er schickte Hagen in ein zweites Jahr Förderunterricht, diesmal zu einem Privatlehrer nach Genf.

Als das Jahr vorüber war und Hagen heimkam, fragte Wilhelm ihn abermals, was er gelernt habe.

– Vater, antwortete der Junge, ich habe gelernt, was die Frösche meinen, wenn sie quaken.

Wilhelm geriet außer sich – ein weiteres Jahr verschwendet! Er hätte sein Geld ja auch gleich in einem großen elektrischen Kamin verbrennen können. Als Ultima Ratio beschloss er, Hagen zu einem dritten Privatlehrer zu schicken, einem Mann in Zürich, dessen Reputation als Erzieher ausgezeichnet war, vor allem wenn es darum geht, jeden Widerstand zu brechen.

Wie zuvor kehrte Hagen heim und sagte im selben dreisten Tonfall:

– Lieber Vater, ich habe das Jahr damit verbracht, die Sprache der Vögli zu erlernen.

Als er das hörte, geriet Wilhelm in Rage. Er befahl drei Elektrikerkollegen herbei und wies sie an, seinen Sohn in den Wald zu schaffen und dort mittels Stromschlag durch batteriebetriebene Treibstöcke aus dem Schlachthaus zu töten.

Die drei Elektriker brachten Hagen und die Treibhilfen in den Wald, doch im letzten Moment überkam sie Mitleid mit dem Jungen und sie ließen ihn frei. Sie sagten ihm, er solle tiefer in den Wald hineingehen und dort unter den Tieren und Vögeln leben und sich von Früchten und Beeren ernähren.

Zunächst folgte Hagen diesem Ratschlag. Bald aber wurde er wagemutiger, durchquerte den Wald und stieß auf eine Welt, die sich hinter diesem erstreckte. Hagen erkundete sie, ging gleich einem Mönch stets zu Fuß und gewann auf diese Weise Einsichten, die er später in überraschend originelles Grafikdesign verwandelte.

Auf seiner Wanderschaft geriet Hagen in ein Land, das von wilden Hunden heimgesucht wurde. Die Tiere liefen überall in wilder Raserei herum, schnappten und bellten und machten für den Menschen jeden Schlaf unmöglich. Von Zeit zu

Zeit forderten die Hunde ein Menschenopfer und rissen das Fleisch bei lebendigem Leib von den Knochen des bedauernswerten Dorfbewohners.

Da nun Hagen die Sprache der Hunde verstehen konnte, erklärte er den Bewohnern dieser Gegend, warum die Hunde so wütend waren und was es bräuchte, um sie zu besänftigen. Offenbar war ein neuer Gesetzeserlass in Sachen Gesundheit und Sicherheit in Kraft getreten, der die alten Rituale und Gepflogenheiten der Hunde unberücksichtigt gelassen hatte. Alsbald dies geklärt war, gelang es der Gemeindeversammlung, das Gesetz aufzuheben und die Hunde waren von nun an wieder folgsam und ehrerbietig.

Nachdem er ein paar Jahre in dieser Gegend zugebracht hatte, in der man ihn als kleinen Lokalhelden pries, und in einem engen Atelier seinen Beruf als Grafikdesigner ausübte, entschied Hagen nach Rom zu gehen. Auf dem Weg dorthin gab ihm das Quaken bestimmter Frösche an bestimmten Tümpeln entlang des Weges zu verstehen, dass ihn eine fabelhafte Zukunft erwartete.

Als Hagen in Rom eintraf, erfuhr er, dass der Papst gerade gestorben war und sich die Kardinäle der Konklave im Vatikan schwertaten, sich auf einen passenden Nachfolger zu einigen. Just in dem Augenblick, als die Kardinäle entschieden hatten, dass der zukünftige Papst durch ein Wunderzeichen kenntlich gemacht werden würde, setzten sich zwei weiße Tauben auf Hagens Schultern.

Als sie dies sahen, fragten die Kardinäle Hagen kurzerhand, ob er damit einverstanden sei, Papst zu werden. Hagen hob an zu erklären, dass ihm der Sinn eigentlich eher danach stehe, eine Karriere als Grafikdesigner zu machen, doch die

Tauben ließen ihn nicht aussprechen und sagten den Kardinälen, dass es ihm eine Ehre sei, das Angebot anzunehmen. Und so wurde er geweiht und gesalbt, gerade so, wie es die Frösche vorausgesagt hatten. Seine erste Aufgabe als Papst war es, eine Messe zu lesen, doch – als Protestant – hatte er natürlich keine Ahnung wie man das anstellt. Glücklicherweise konnten ihm die Tauben dabei helfen, indem sie ihm die rechten Sätze und die notwendigen Gesten ins Ohr flüsterten.

Es war nun gerade in den luxuriösen päpstlichen Gemächern des Vatikans, wo Hagen sein Project Suhrkamp ausbrütete. Er hatte sich gelangweilt und war auf der Suche nach etwas Beeindruckendem für sein Portfolio (denn selbst noch als Papst hatte er seinen Ehrgeiz nicht aufgegeben, Peter Saville als „Papst des Grafikdesigns" abzulösen).

– Und just in diesem Moment wurde ich, erklärt Wilhelm, ganz plötzlich zum Vorstandsvorsitzenden von Suhrkamp Parallel ernannt. Ich muss schon sagen, dass es sehr christlich von meinem Sohn war, mir zu vergeben. Auf gewisse Weise habe ich ihn schrecklich behandelt.

Als wir die harten Karamellkrusten unserer *Crème brûlées* durchstoßen, teilt mir Wilhelm mit, welches Buch er gerne von mir für den Verlag geschrieben bekäme: einen literarischen Bericht über meinen Pakt mit Mephistopheles und meine anschließenden Abenteuer. Der Titel soll *Herr F (Alles was ewig lebt, schreit ewig)* lauten und der Umschlag wird mit Stempel Garamond Typo und säuregelbem Farbrahmen gestaltet. Ein einfaches, aber elegantes Design, entworfen vom Papst.

22

Neuerdings bekomme ich E-Mails von einem Kind mit Namen Bettine. Sie ist die Tochter einer Frau, mit der ich vor Jahren eine Affäre hatte. Offenbar hat sie sich dazu entschlossen, die Leidenschaft ihrer Mutter für mich zu teilen. Das ist verdrießlich, da ich das Mädchen einerseits nicht ermutigen möchte, andererseits will ich sie auch nicht enttäuschen.

Wir trafen einander das erste Mal, als sie dreizehn war. Ihre Mutter muss sie nach Weimar mitgebracht haben. Ich war in dem kleinen weißen Zimmer an meinem Schreibpult, schrieb und warf gelegentlich einen Blick auf die selbstgepflanzten Weinstöcke mit ihren feinen drallen Blättern an den Reben, die sich um mein Fenster herum winden. Als ich bemerkte, dass ich einen Gast hatte, ging ich hinüber zum mit Rosshaarstoff bespannten Stuhl und schaukelte die kleine Bettine auf meinen Knien so onkelhaft als möglich. Sie erinnerte mich an ihre Mutter.

Es hat den Anschein, dass sich eines meiner Haare in ihrem Kleid verfangen hat, und als Bettine ihr Haus erreichte, verbrannte sie dieses Haar an einer Kerze. Es gab keinen Rauch, doch mein Haar ließ die Flamme blau flackern. Das erfuhr ich, als ich ihre E-Mails las, die es jetzt gesammelt als sich ausgezeichnet verkaufendes E-Book mit dem Titel *Fausts Briefwechsel mit einem Kinde* gibt.

In zahlreichen halb-fiktiven Briefen sagt Bettine, dass ich wie die Sonne sei und ihr die Welt erst aufschließe, dass ich den Deutschen gehöre und ihr Liebster bin, und dass sie sich wünscht, ein Bettelmädchen vor meiner Türe zu sein, damit ich ihr ein Stückchen Brot gebe und sie in meinen Mantel hülle, damit sie es warm habe. Sie behauptet, dass viele meiner Sonette für sie geschrieben wurden und erinnert sich daran, dass ich ein junges Blatt von den Reben brach und ihr auf die Wange gelegt habe; dazu hätte ich bemerkt, dass das Blatt und ihre Wange beide wollig wie ihre Prosa seien. An eine solche Begebenheit kann ich mich beim besten Willen nicht erinnern.

Das ist der Preis des Ruhms nehme ich an. Der Erfolg von *Das Buch vom Moos* bedeutet auch, dass jedermann auch nur der geringsten Beziehung, die er jemals zu mir unterhielt, ungeheures Gewicht beimisst; das banalste Zusammentreffen kann zu einer gewürdigten und wertvollen Anekdote werden.

Die Kritiken von Bettines eingebildeter Korrespondenz mit mir fielen ziemlich wohlwollend aus. Ein Journalist vermerkte ein wenig atemlos:

Denn diese wunderliche Bettine hat mit allen ihren Briefen Raum gegeben, geräumigste Gestalt. Sie hat von Anfang an sich im Ganzen so ausgebreitet, als wär sie nach ihrem Tod. Überall hat sie sich ganz weit ins Sein hineingelegt, zugehörig dazu, und was ihr geschah, das war ewig in der Natur; dort erkannte sie sich, und löste sich beinah schmerzhaft heraus; erriet sich mühsam zurück wie aus Überlieferung, beschwor sich wie einen Geist und hielt sich aus. Bettine; ich seh dich ein. Ist nicht die Erde noch warm von dir, und die Vögel lassen noch Raum für deine Stimme. Der Tau ist ein anderer, aber die Sterne sind noch die Sterne deiner Nächte.

Seltsam ist, dass desto gleichgültiger ich mich diesen Mitläufern, Groupies und Gefolgsleuten gegenüber erweise, sie umso enthusiastischer werden. Das Wesen des Ruhmes unterscheidet sich in nichts vom Wesen des Todes – oder vom Wesen des Mooses: Ihre Macht liegt in der Stille, der Unempfindlichkeit und der Gleichgültigkeit. Umso nichtssagender und ereignisloser wir unser Zusammentreffen mit unseren Fans gestalten, desto mehr kreativen Aufwand werden diese Leute betreiben, um das Ganze zu übertreiben und in ihre Privatkosmologien einzubauen.

Balzac hat einmal bemerkt, dass in der Liebe immer einer leidet, während der andere sich langweilt. Steckt man knietief im Ruhm oder im Tod oder im Moos, dann steckt man auch knietief in der Langeweile. Es ist überraschend, wenn man herausfindet, dass Menschen in der eigenen unmittelbaren Nähe vor Leidenschaft brennen, die sich direkt proportional zur eigenen Langeweile verhält. Verzweifelt sehnen sie sich nach dem kleinsten Zeichen von einem selbst, sind sogar bereit, das Fehlen eines Zeichens freudig aufzunehmen und gerade dieses Fehlen zu einem Zeichen zu machen; sie sind zur Gänze ergriffen von diesem absonderlichen Zustand beseelter Paranoia, die wir Poesie, Begehren oder Liebe nennen.

Indem ich mich für Ruhm, Tod und Moos entschieden habe und gegen Dichtung, Begehren und Liebe, habe ich ganz offensichtlich einen dummen Fehler begangen. Um wie viel besser ist es doch, der verschmähte Liebende anstatt das gleichgültige Objekt ihrer Liebe zu sein? Ich beneide Bettine, und ich wünsche ihr jetzt, wo sie verheiratet ist, alles Gute.

Ja. Bettine schickte garstige Briefe an Gretchen und an Aoi Yu und ich sah mich gezwungen, den Kontakt mir ihr einzustellen. Mit gebrochenem Herzen heiratete sie einen berühmten Dichter. In ihrem letzten Brief an mich steht:

Mein liebster Heinrich,

meine Ruh ist hin und mein Herz ist schwer. Wie ich hier so am Spinnrad sitz, weiß ich, dass ich sie nimmer find. Die ganze Welt ist mir vergällt und fremd, wo ich Dich nicht hab, ist mir jetzt nur noch das Grab.

Mein armer Kopf ist ganz verrückt, der ganze Sinn zerstückt. Sitz ich an der Nähmaschine und schau zum Fenster hinaus, dann hoff ich stets, einen Blick auf Dich zu erhaschen. Nur wegen Dir geh ich aus dem Haus, hoffend Dich zu sehen: Deine ungewöhnlich große Schuhgröße, Deine grobschlächtige Gestalt, Dein Lächeln und diese Gewalt in Deinen Augen; Deine Stimme zu hören, Deine Hand in meiner spüren und Deinen Kuss.

Heinrich, mein Busen drängt sich nach Deiner Brust. Nur zu gerne würde er von Dir mit einem Dolch durchbohrt, solltest Du ein Moosbrugger, ein Woyzeck, ein Blaubart werden.

Meine Ruh ist wirklich hin und mein Herz wirklich schwer. Wie ich hier so sitz am Laptop, und spinne, weiß ich, dass ich Dich nimmer mehr im Arm halten werde, nimmer mehr küssen – und das reißt mich in Stücke.

Deine Bettine

23

Mein Haus am Gipfel des Matterhorns ist fertig. Heute Morgen bin ich eingezogen.

Nachdem auch der letzte der Sherpas, die meine Bücher, die Ausstattung und die Möbel hier heraufgebracht hatten, sein großzügiges Trinkgeld erhalten hatte und wieder zum Abstieg aufbrach, dachte ich, dass ich nun in die großartige Abgeschiedenheit eintauchen könne, die im Grunde nie enden sollte. Doch ich hatte nicht mit dem „Fluch der Ikone" gerechnet.

Das Matterhorn ist als Berg eine Ikone. Sein Gipfel ist der symbolträchtigste Ort, den man sich denken kann. Das führt dazu, dass Kletterer, Schaulustige und Touristen hier alle paar Minuten auftauchen um Selfies aufzunehmen, Joints durchzuziehen und ein wenig auszuruhen, ehe sie sich wieder zurück ins Tal begeben. Viele sind der Meinung, mein Haus sei eine öffentliche Herberge (was es ja auch war, ehe ich die zuständigen Behörden bestochen hatte, damit ich es kaufen konnte) und pochen immer wieder nachdrücklich an die Pforte.

Ich hatte mir gedacht, dass ich als Erstes in meinem Haus ein Gedicht schreiben würde. Etwas über die Aussicht und die Ewigkeit und das Wetter und den Stein und das Moos. Doch stattdessen verbrachte ich den Nachmittag damit, ein Hinweisschild zu entwerfen, zu übersetzen und auszudrucken:

THIS IS A PRIVATE HOUSE: THE SOLVAY CLIMBERS' HUT NO LONGER EXISTS. PLEASE DO NOT KNOCK AT THE DOOR OR DISTURB THE RESIDENT.

Da es hier oben kein Netz gab, musste ich die Übersetzung in verschiedene europäische Sprachen gänzlich ohne Hilfe machen, wofür ich mein Gedächtnis und Mutmaßungen einsetzen musste. Meine italienische Übersetzung des Hinweises las sich so:

Meine absolute Horrorvorstellung ist nun, dass mich irgendjemand erkennt und einen Matterhornbericht auf TripAdvisor stellt, der etwa Folgendes zum Besten gibt: „Nicht versäumen sollte man die interessant gestaltete Villa am Gipfel – ich könnte darauf schwören, dass ich den Kultautor Heinrich Faust am Fenster stehen sah."

Das schnappt dann die Presse auf, und ich bin geliefert.

Ich muss mein Äußeres verändern. Ich lasse mir einen langen Bart wachsen, trage durchgesessene Hosen und irgendwelche Lumpen, kaufe mir ein paar bunt gescheckte Ziegen und versuche als Schäfer durchzugehen.

Aber wenn ich dann die ganzen Ziegen habe und mich auch um sie kümmere, wenn ich Ziegenmilch trinke und für die Touristen als Schäfer posiere, *wäre* ich dann nicht auch faktisch ein Schäfer?

Das regt mich schrecklich auf. Während ich versuche, mich der Wahrnehmung durch die anderen zu entziehen und ein Leben hoch über aller menschlichen Kontrolle auf dem Gipfel eines Berges zu führen, bin ich doch – zum Gaudium der beschissenen, mit Kameras bewaffneten Gaffer – tatsächlich zum Schäfer geworden.

24

Ich mache keine halben Sachen. Wenn ich schon ein Schäfer sein soll, dann kann ich das auch ordentlich erledigen.

Ich schreibe mich also als Lehrling in Fernando García-Dorys Schäferschule ein. Das ist ein Projekt, das der Künstler seit 2004 in der nordspanischen Bergregion Los Urriellos betreibt. Ich habe darüber in einem Buch erfahren, das den Titel *A Shepherds School as a Micro Kingdom of Utopia* trägt.

García-Dory weiß ganz genau, dass seine Schule das Problem hat, häufig Leute anzuziehen, die eine romantische Vorstellung von „besseren und einfacheren Zeiten" haben, Leute also, denen jedes Bewusstsein dafür abgeht, womit sich agrar-ökologische Arbeiter tatsächlich konfrontiert sehen. Um dem Einhalt zu gebieten, versucht der Künstler immer wieder, frische Luft in diesen wolkigen Pesthauch zu bringen. Bei der Frieze Messe 2012 zum Beispiel präsentierte er die Angry Farmers Milk Bar, wo Kunden soviel zahlen konnten, wie sie vermuten, dass ein halber Liter Milch kostet, ehe sie sich im Anschluss an Gemüsesuppe aus Gemüsen, die auf Ruskins Grab gewachsen waren laben konnten, Kartoffelknödel von unterdrückten Knödeln kaufen oder warme Pferdemilch schlürfen.

Seit 1916 ist der Bergzug der Urriellen Nationalpark. Land, das über 6.000 Jahre lang einfach freien Raum für die Schäfer bot, ist jetzt ein Touristenziel mit Autoparkplätzen und Besucherzentren, zu denen künstliche Wälder und Ziegen aus Pappkarton gehören. Die echten Schäfer haben die Gegend verlassen und ihre zerbröselnden, von Hand errichteten Häuschen, stehen jetzt für Schäfer wie mich frei.

In der Schule hier respektieren wir das Wissen der originalen Schäfer, dem wir mit unserem eigenen helfend beispringen. Wir bauen deshalb ihre Steinhütten wieder auf, entwerfen für sie Logos und Werbematerialien an unseren Rechnern, helfen ihnen beim Aufbau einer Schäfergewerkschaft und bei der Strukturierung ihrer eignen Aktivitäten und machen sie berühmt, indem wir Fernsehteams zu ihnen in die Berge bringen.

Im Gegenzug lernen wir von den Schäfern, wie man Kühe, Schafe und Ziegen hütet, wie man sie jeden Tag melkt und wie man im Atelier handgemachten Käse herstellt.

Mein eigener Vertrauenslehrer ist ein ledergesichtiger Mann, der auf den Namen Juan hört. Er betrachtet Fernandos Interesse an Aktivismus eher spöttisch und erzählt mir, dass die Schäfer immer auf sich selbst vertrauten, also robuste Individualisten waren. Politisch gesehen schätze ich, dass Juan zur freiheitlichen Rechten gehört. Er ist gegen Zuwanderung und beklagt sich fortwährend über Halal-Schlachtungen und die neuen muslimischen Schäfer, die sich seiner Ansicht nach nun überall auf den Gebirgsweiden breitmachen.

– Was hat die *Reconquista* von Al-Andalus gebracht?, fragt er gerne, obwohl sogar er weiß, dass Spanien mehr als achthundert Jahre muslimisch war.

Wenn man am Berg mit Juan zusammenarbeitet, dann ist das manchmal so, als ob man in einem Taxi mit einem rechthaberischen Fahrer sitzt. Da er aber mein Vertrauenslehrer ist, muss ich damit irgendwie klarkommen.

Man lernt hier nur sehr wenig. Keiner von uns wird jemals ein richtiger Schäfer werden. Was wir in erster Linie lernen, ist Geduld und Gehorsam, Qualitäten also, die nicht wirklich zum Erfolg führen, sondern zu Duldsamkeit gegenüber Leid und Scheitern.

Würde ich Juan erzählen, dass ich das Schäferhandwerk nur erlerne, um für Touristen zu posieren und eine perfekte Maske zu entwickeln und meine Prominenz zu verbergen, wenn ich am Gipfel des Matterhorns um meine Luxusvilla herumschlendere, dann bin ich mir sicher, dass er mich noch mehr verachten würde, als er es bereits jetzt tut. Ich erzähle ihm deshalb, dass meine Eltern in Bern Büros putzen. Was, wenn ich es recht betrachte, sogar stimmt.

Unter der Geringschätzung von Juan – er scheint mich kaum zu ertragen, nennt mich wertlos und steht die ganze Zeit kurz davor, mir eine Tracht Prügel zu verabreichen – mache ich die Erfahrung eines bemerkenswerten Gefühls der Befriedigung. Es ist ein wahres Vergnügen, wieder einmal abhängig zu sein. Wie ein Erwachsener, der sich wieder in seine alte Schuluniform zwängen muss. Die vorgeschriebene Kleidung für Schäferlehrlinge ist die Lederhose und ein einfaches weißes Hemd, das mit Knöpfen am Kragen geschlossen wird. Von außen betrachtet sehen wir lächerlich aus, aber mich befriedigt die Uniform auf gewisse Weise, weil ich früher ohnehin nie wusste, was ich anziehen soll.

Hoch oben auf dem Berg gibt es meistens nicht viel zu tun. Die Ziegen kümmern sich um sich selbst. Wir lesen *A Shepherds School as a Micro Kingdom of Utopia* (ein Buch übrigens, für das Juan nichts als Verachtung aufbringt, obgleich er Analphabet ist) immer wieder aufs Neue. Es gibt nur einen Unterrichtsgegenstand: Wie hat sich ein Schäfer zu benehmen? Die alten Schäfer sind Fossile, mürrisch und asozial – und die Ziegen beißen nach deinen Knöpfen und versuchen deine Haare zu fressen.

Manchmal scheint mir mein ganzer Aufenthalt hier ein unverständlicher Traum zu sein.

25

Ich gehe – jawohl, gehe – vom Picos de Europa Nationalpark in Spanien nach Zermatt in der Schweiz. Ich habe etwas Wichtiges herausgefunden.

Eines Morgens weckte mich das übliche Geschrei Juans, der
mich aufforderte, raus zu kommen und Wasser vom Bach
zu holen. Ich nahm den Kübel mit einer Bewegung auf, die
Juan als Aufsässigkeit verstanden haben muss, denn er trat
mir so hart in den Hintern, dass mein Steißbein davon bis
heute schmerzt. Ich ging also runter zum Bach und dann
ging ich weiter und ich gehe immer noch.

Was ich begriffen habe, ist, dass ich daheim am Gipfel des
Matterhorns nicht auf Schäfer machen muss, damit niemand mich erkennt. Ich brauche bloß Mephisto um ein
neues Gesicht bitten.

Ich kann jeder sein, der ich sein möchte. Das ist Teil der
Übereinkunft mit dem Management.

Wem sollte ich ähnlich sehen? Es ist verführerisch hübsch
zu sein. Ein junger David Bowie vielleicht, oder Peter
O'Toole?

Aber nein – ich kann niemand sein, der berühmt ist. Eine
berühmte Persönlichkeit zu sein ist ja gerade das Problem.
Ich muss aussehen wie jemand, der unbekannt ist. Ich entscheide mich dafür, Mephistopheles zu bitten, mir das Gesicht des experimentellen Schriftstellers Arno Schmidt zu
geben. Keiner wird Arno Schmidt erkennen. Das haben sie
gewiss nicht einmal getan, als er noch am Leben war – sein
Roman *Die Gelehrtenrepublik* aus dem Jahr 1957 etwa scheiterte schließlich auch auf ganzer Linie, den Kalten Krieg zu

verhindern. Aber Arno Schmidt gefällt mir. Tot und experimentell zu sein ist fast so gut wie hübsch zu sein.

Als ich das Dorf Carmona erreiche und in einer Scheune ein Schläfchen halten will, überkommen mich Zweifel. Ich war ganz beschwingt von der Idee, ein neues Gesicht zu bekommen, doch nun bin ich mit einem Mal betrübt. Bin ich nicht ein Mann ohne Eigenschaften?

Ein Mann, der scheitert, scheitert zuletzt an seinen eigenen Ansprüchen. Doch ich habe mein Ziel erreicht, nur um jedes Gefühl dafür zu verlieren, wer ich bin. Ich habe meine Seele verkauft; ich zeugte den lächerlichsten Bestseller, den die Welt je sah; ich lebe in einem unvorstellbaren Haus; ich habe meine Liebste gewonnen und wieder verloren; ich wurde von einem rassistischen Schäfer herumgeschubst – und nun beklage ich mich darüber, das Gesicht eines toten Mannes auf die Vorderseite meines Kopfes okuliert zu bekommen. Und das noch als Draufgabe zu meinen zwei künstlichen Gliedmaßen. Ich komme mir vor wie der Golem, ein schwerfälliges Stückwerk aus Menschenhand, eine Abscheulichkeit.

Am zweiten Tag ist das Wetter prächtig und mein Hirn wendet sich erfreulicheren Themen zu. Wie soll ich mein Haus am Matterhorn einrichten? Kann ich Gras auf dem Flachdach pflanzen? Was gibt Architektur über die Menschen preis, die in ihr leben? Habe ich einen gewissen Geschmack bei der Ausgestaltung bewiesen, den ich jetzt meinen eignen nennen kann, oder bin ich so sorglos und falsch ans Werk gegangen, dass das alles rein gar nichts mit mir zu tun hat?

Stundenlang denke ich darüber nach, auf welche Weise das Haus meine Persönlichkeit widerspiegeln könnte, aber es kommt dabei nichts weiter raus als ein überzeugender Grund, warum man jene Tapete dieser vorziehen sollte. Am Abend erreiche ich Parbayón und schlafe in einer Hecke neben irgendwelchen Fitnessgeräten.

Am dritten Tag meiner Wanderschaft kommt mir zu Bewusstsein, dass ich nichts weiter bin als leerer Raum, der vom Wetter, meiner Umgebung und den wechselnden Stimmungen erfüllt ist, die diese in ihm auslösen. Um eine solche kapriziöse Leere zu repräsentieren, sollte ich auch mein Haus leer lassen. Wie eine leere Bühne. Oder riesige Fenster einsetzen, damit die Natur überall eindringen kann. Oder drehbare Räume einbauen, die sich nach Belieben verändern lassen; oder vielleicht sollte ich Tapeten entwickeln, die der Haut des Chamäleons gleichen und strategisch unbestimmt bleiben. Oder Theaterkulissen und Szenerien aufbauen lassen: Schrankkoffer, Weltmeisterschaften im Bobfahren, Tennis-Cups und Luxushotels neben riesigen Autobahnen mit Bildern von Golfplätzen und Musik aus der Dose in jedem Zimmer.

Als ich durch ziemlichen Zufall den Flughafen von Santander erreiche, fällt mir ein, dass ich eine satanische Kreditkarte besitze, und entscheide mich, nach Genf zu fliegen. Das geht nur über Madrid; und es dauert mehr als vier Stunden. Während des Anschlussfluges bekomme ich eine metaphorische Panikattacke, es überfällt mich buchstäblich die Flugzeugrandale.

Zuerst überlege ich mir, ob ich nicht eine Flugzeugtür öffnen soll, um Unterdruck mit katastrophalen Folgen über dem Mittelmeer herbeizuführen. Das wäre eine nette Metapher dafür, dass die Welt bis „auf des Pudels Kern" verkommen ist, und dass es uns an moralischer Schwerkraft mangelt. Da ich aber zu dem Schluss komme, dies könnte zu pathetisch sein – und außerdem schon technisch nicht realisierbar –, drücke ich auf den Knopf und warte, bis der Steward kommt.

Der Mann ist ganz offensichtlich schwul. Ich nehme an, er denkt das auch von mir. Wir sind Gleichnisse und das ist Teil der metaphorischen Panikattacke. Ich bitte ihn, sich neben mich zu setzen, worauf er erwidert, dass das die Vorschriften verbieten. Wie er mir helfen könne?

Ich sage ihm, dass ich unbedingt eine Zigarre brauche.

– Das ist ein Nichtraucherflug, mein Herr.

– Das weiß ich sehr wohl. Ich werde ihm aber nichtsdestotrotz etwas über mich erzählen. Ich bin ein alternder Schriftsteller und der Gewinner des Nobelpreises. Ich bin auch Alkoholiker, wollüstig und gemein.

– Darf ich Ihnen einen Drink bringen?

– Nicht jetzt. Lassen Sie mich Ihnen etwas anderes sagen. Angewidert vom Leben rase ich herum wie ein entkräfteter Augustinus. Ich sehne mich nach dem Tod und bin doch nicht in der Lage ins Gras zu beißen. Selbst wenn es mir gelingt, alle Lebensfunktionen einzustellen, stehe ich nach ein paar Tagen, gleich einem wiederauferstandenen Christus, wieder auf der Matte. Das treibt mich in den Wahnsinn. Und währenddessen sterben um mich herum all diejenigen, die am Leben bleiben wollen, wie die Fliegen.

Ich tippe mir zweimal an die Nase, mache mich deutlich, auch das ist Teil meiner buchstäblichen Flugzeugrandale.

– Da ich weiß, dass mir die Verdammnis unausweichlich bevorsteht, lege ich gleich die ganze Bandbreite von Käuflichkeit an den Tag. Aber ich würde mich ganz genauso verhalten, wenn ich wüsste, dass ich errettet bin. Das Wissen gräbt uns moralisch das Wasser ab. Die einzig guten Menschen sind die, die nichts wissen.

– Warten Sie hier, ich werde Ihnen ein Glas Champagner bringen, sagt der Steward und berührt meinen Arm mit falscher Kameraderie.

Warten Sie hier! Als ob man im Flugzeug schon groß irgendwohin gehen könnte!

Ich hatte dem Steward sagen wollen, dass das Leben grausam, blind, kurz und vom Zufall bestimmt ist, und dass sich meine Wut nur noch verschärft, solange man mir den Tod vorenthält – doch ich gebe auf und schon nach kurzer Zeit nippe ich am Perlwein im Plastikglas, der aufs Haus geht.

Das Glas ist aus Plastik, weil angenommen wird, dass ich ein echtes Glas zerbrechen könnte und mir mit den Splittern die Venen aufschneiden, aus denen dann auf die erstaunten Passagiere um mich herum das Blut spritzte; doch ich könnte mit einer solchen Scherbe auch das Flugzeug entführen und den Piloten zwingen, absichtlich im Bankenviertel Zürichs abzustürzen.

Stattdessen aber schlafe ich ein. Ich träume davon, dass den kosmetischen Chirurgen ein Fehler unterlaufen ist. Statt des Gesichts von Arno Schmidt hat man mir gleich den ganzen

Kopf von Friedrich Dürrenmatt auf die Schultern genäht. Dürrenmatts aufgeblähte Lymphknoten lassen mich wie ein roter Kohlkopf mit Brillen aussehen. Ich paffe eine gewichtige Zigarre und rede von Fröschen, Käuflichkeit, Marilyn Monroe, Alkoholismus und Reinkarnation.

Als wir Genf erreichen, schnappe ich mir einen SBB CFF FFS Zug nach Brig. In Brig wechsle ich auf Bahnsteig 3 und nehme die Gornergrat Bahn nach Zermatt, auf deren Strecke sich das wunderbare Panorama ums Matterhorn gut betrachten lässt.

Die Dämmerung bricht herein, und der zerklüftete Gipfel sieht bedrohlicher aus als je zuvor. Mit bloßem Auge ist es gerade noch möglich, mein Haus zu sehen, ein winziger dunkler Punkt, glatte Geometrie, eingepfercht zwischen den Gipfelfelsen. Entweder habe ich vergessen, das Licht auszuschalten oder jemand ist im Haus.

26

Es ist 4 Uhr 14 früh, als ich mich schließlich auf den Gipfel des Matterhorns geschleppt habe. Ich bin am Ende, und meine künstlichen Gliedmaßen haben Phantomschmerzen entwickelt. Ein Schneesturm macht das Gefummle mit den Schlüsseln an der Tür zu einer Qual.

Das Haus des Mooses hat nichts von seinem Zumthor-Charme eingebüßt – diese dunkle Welt der Polymere und des Sackleinens ist ein einladendes Heim für den Flüchtling, der dem weißen Chaos draußen entkommen ist. Aber was sind das für fremdartig grüne, pinkfarbene und weiße Strahlen, die aus dem Piet-Oudlof-Garten hereinschimmern?

– Wer ist da?

Die Gestalt einer Frau beugt sich über den verschachtelten Moosgarten, der von sehr kleinen fiberoptischen Lichtern erhellt wird. Es ist Gretchen Mitsukoshi!

– Heinrich!

– Gretchen!

– Ich wusste nicht, wo du abgeblieben warst! Ich fürchtete, der Moosgarten sei mehr Gedenkstätte als Geschenk!

– Ich habe eine Schäferausbildung in Spanien gemacht! Du bist zurück! Doctor Hanamaru sei Dank!

Wir halten uns fest umschlungen.

– Du hast mir gefehlt!

– Und ich habe dich vermisst, Heinrich! So sehr!

– Nie wieder wollen wir auseinandergehen!

– Nie wieder!

– Was auch immer ich für seltsames Zeug rede!

– Was auch immer!

Gretchen zieht mich an meinen Armen zu Zumthors Kreuzgang aus angekohltem Kiefernholz.

– Schau, Heinrich! Ich habe mit dem Moosgarten begonnen, der unser Lebenswerk sein wird! Siehst du – er ist aus dem Moos deutscher Hartholzwälder gemacht, die für 35.000

Jahre Menschen wie uns geborgen und beschützt haben; die es uns erlaubt haben, all unsere Feinde in den Hinterhalt zu locken.

– Aber Gretchen, du bist Halbjapanerin!

– Auch die Japaner sind Waldmenschen. Deshalb machen wir ja auch die allerschönsten Moosgärten.

Ich presse sie an mich.

– Du warst meine Kunstschülerin, jetzt sollst du mein Ziegenmädchen sein!

– Gretchen, Ziegenmädchen! Ich mag das, es klingt gut. Aus mir ließe sich ein feiner, postmoderner Roman machen.

– Ein Buch vom Moos!

– Dein kleines Buch vom Moos. Schlag mich auf. Erkenne mich.

Nichts hält mich mehr. Wir begeben uns ins Schlafzimmer.

Ich [zensiert] mit meinem pochenden [zensiert] zwischen Gretchens hungrigen [zensiert]. Das warme Weiß von Eiern bricht sich auf ihrem Bauch, vermischt sich mit klebrigem, strähnigem *Nattō* und wird ergänzt durch Okras als Beilage. Ihr winziges Höschen ist rasch zu ihren Fesseln hinunter geschoben und ein Fuß gleich darauf frei. Ihre [zensiert] ist noch genauso, wie ich mich an sie erinnere: eng und klammernd. Sie schlingt ihre Beine um mich und die Sohlen ihrer Füße zeigen nach oben zu Zumthors geteerter Decke. Ich stürze mich in sie und steche sie im Rhythmus ihres

Atems, so als ob ich nach etwas fassen würde, das jenseits menschlicher Möglichkeit liegt.

27

Hoffentlich wird der Leser einen Weg finden, um mir zu vergeben. Ich habe meinem liebsten Gretchen nichts von meinem Lost Weekend in Sibirien mit Aoi Yu erzählt. Ich fürchte mich zu sehr davor, sie abermals zu verlieren. Das wäre schließlich nur allzu leicht möglich, bedenkt man, wie sie auf die vergleichsweise simple Angelegenheit mit Agnes reagiert hat, und wohl auch nur mehr als gerechtfertigt. Doch als wir uns gemeinsam nackt in die tiefschwarzen Satinlaken – beinahe wie in Zeitlupe – sinken lassen, gibt es etwas viel Schwerwiegenderes, das ich ihr verheimliche.

Jetzt kommt es. Ich werde es Ihnen sagen. Ihr werdet mir nicht vergeben. Ihr seid aus härterem Holz geschnitzt. – Ich habe Syphilis.

Die habe ich mir in Hamburg eingefangen. Nun ja, ich sage „eingefangen", aber das ist nicht ganz richtig. Ich habe mich absichtlich selbst und für mein Seelenheil mit der Syphilis infiziert. Das war meine erste Herabminderung dieses kostbar kosmischen Organs, das ich später für die saure Brühe des Ruhms verramscht habe.

Als ich in Hamburg studierte, geriet ich unter den Einfluss des Komponisten Adrian Leverkühn. Seine ultraminimalistische Klaviermusik war anfänglich beruhigend, eine Art Musik, wie sie Moos machen würde. Sie war sanft, repetitiv, modular und beliebig. Ich nutzte sie wie etwas, das meinen Basenhaushalt wieder ins Gleichgewicht bringt nach zu viel Fresserei, Stress und Ärger.

Doch später wuchs Leverkühns Musik in meiner Fantasie und wuchs wie Bio-Linoleum immer weiter, bis sie schließlich jeden verfügbaren Raum besetzte. Meine alltäglichen Gedanken bestanden aus diesen friedvollen sonischen Räumen, die alle Welten – die möglichen wie die unmöglichen – heraufbeschworen.

Leverkühns dreikanalige Ambientarbeiten verwandelten mein Zimmer in einen geheimnisvollen Dschungel, der auf verführerische Weise fruchtbar war. Ich verkabelte den zusätzlichen Lautsprecher, so wie es auf dem Diagramm des Albumcovers von *Inland* gezeigt wird und fühlte auf eine Weise, wie ich sie noch nie zuvor erfahren hatte, dass ich hier nicht bloß einen Sound gefunden hatte, sondern einen Ort. Es war der Raum, in dem ich leben wollte.

Es schien, als würde ich beständig von einer schäbigen Studentenbude zur nächsten ziehen, von einem verkommenen Wohnschlafzimmer zum anderen. Aber wie ein Junkie, schenkte ich meiner Umgebung immer weniger Aufmerksamkeit. Solange ich meine Leverkühn-Platten hatte und diesen rangeflickten dritten Lautsprecher (den ich parallel mit einem 12-Ohm-, 10-Watt-Potentiometer nutzte), der die Musik in 3-D verwandelte, besaß ich alles, was ich brauchte, um glücklich zu sein.

Meine Studien ließ ich links liegen, aß so gut wie nichts mehr und verlor das Interesse am Sex. Ich wurde dürr, fahl, beinahe durchsichtig. Ich schlich an Häuserwänden entlang wie ein Vampir.

Eines Tages erwachte ich aus einem Traum, in welchem Leverkühn und ich enge Freunde waren. Aus einer Laune heraus entschloss ich mich daraufhin, dem Komponisten einen Brief zu schreiben, den ich an seine Plattenfirma adressierte. Da mir nichts Besseres einfiel, stellte ich mich als Autor vor, der die kühne Absicht hatte, eine kritische Biografie über den „weltweit am meisten unterschätzten Komponisten" zu verfassen; besonders sei ich darauf erpicht, Leverkühns Versuche, homophone und polyphone Kompositionssysteme miteinander zu versöhnen, herauszuarbeiten.

Ich erwartete keine Antwort und hatte die ganze Sache beinahe schon vergessen, als ich zwei Wochen später ein Schreiben von Leverkühn persönlich erhielt. Ich war erstaunt: Der größte Komponist der Welt, der zugleich auch der am meisten unterschätzte war, befürwortete meinen Vorschlag, ein Buch über seine Arbeit zu schreiben und lud mich ein, ihn zu treffen.

28

Es dämmert bereits, als ich ein mit Türmchen besetztes Schloss, eine Stunde südlich von Berlin gelegen, erreiche. Als ich den Waldweg entlanggehe, der die winzige Bahnstation mit dem Schloss verbindet, scheint die braune Luft die Tiere des Waldes aus ihrem Schlummer zu reißen, sodass sie beginnen, überall um mich herum piepsende Töne von sich zu geben.

Leverkühn verbringt hier einige Monate, um sich unter dem Deckmantel einer Künstlerresidenz von einem Nervenzusammenbruch zu erholen. Außer Adrian (wie mich Leverkühn auffordert, ihn zu nennen, wobei er mir beinahe gierig ins Gesicht starrt und meine Hand mit einem matten dennoch klauen-artigen Griff schüttelt) halten sich im Schloss nur noch ein ausgelassen-fröhlicher Adeliger und dessen Freundin auf.

Hauspersonal aus der Umgebung kommt tagsüber vorbei und erledigt das Kochen und Saubermachen.

Jörg und Stella, die Besitzer des Schlosses, scheinen Adrian überaus zu schätzen und ermutigen ihn selbst in seinen wunderlichen Unternehmungen. So hat er zum Beispiel eine Dream Machine gebaut, die nach nichts anderem aussieht als nach einer lamellierten Lampe auf einem Plattenteller. Adrian versichert mir jedoch, dass all das genau den Plänen von Brion Gysin entspräche, sowohl hinsichtlich der Konstruktionsdetails als auch der hypnotischen Fähigkeiten. In einem bienenwabenartigen Vorzimmer, das mit groben Fliesen ausgelegt ist, starre ich für einige Augenblicke in die Apparatur hinein, verspüre aber nichts weiter als ein angenehmes Schwindelgefühl.

Wir essen ein wenig Linseneintopf und anschließend führt mich Adrian hinunter zur Sauna, die offenbar auf dem Boden errichtet wurde, wo vormals eine altertümliche Folterkammer gestanden hatte. Es fühlt sich seltsam an, völlig nackt mit einem Mann zusammenzusitzen, den ich so bewundere, doch irgendwie ist mir auch so, als hätten wir keine Geheimnisse voreinander. Adrian gleicht einem Menschen, in dem sich die Gedanken aufgestaut haben, um dann mit einem Mal hervorzusprudeln. Wenn er einmal zu sprechen anhebt, dann gibt es kein Halten mehr. Ich bin total gespannt. Seine Redeweise ist sprunghaft und schwindelerregend.

Musik ist Theologie plus Mathematik, erklärt mir Adrian, und aus diesem Grund habe er selbstverständlich Religionswissenschaften studiert. Das Christentum hat den Teufel immer nötig gehabt, und alle Theologie wird unvermeidlich Dämonologie.

In den Zahlen verbergen sich die Geheimnisse des Universums, und die Gesellschaft wird von einer geheimen Bruderschaft gesteuert.

Adrian spricht, wirr und gehetzt, über Pythagoras, Dürer, Tonbandgeräte, eine avantgardistische Performancegruppe mit dem Namen The Maxwell Demon, über Beethovens Versuche, seinen Tinnitus mittels Notenschrift zu fixieren, die kybernetischen Theorien von Norbert Wiener und die wahren Gründe, warum David Bowie zwei unterschiedliche Augen hat. Ich erhebe mich, um noch mehr Wasser mit Pfirsicharoma über die heißen Kohlen zu gießen. Brühend heißer Dampf erfüllt den hölzernen Raum.

Wir schwitzen die Kiefernbretter voll wie zwei haarige Wildschweine, als Adrian mir von Esmeralda erzählt. Eine Hure, die er in einem Bordell in Hamburg kennengelernt hat. Er erzählt mir ganz ohne Umschweife weiter, dass Esmeralda ihn mit Syphilis angesteckt habe und er sein Genie eben dieser Syphilis verdanke.

Diese Wendung unseres Gesprächs kommt ein wenig unerwartet, um es gelinde auszudrücken.

– Wenn du dein Buch schreibst, erklärt mir Adrian, dann darf dieses Detail nicht ausgelassen werden, wenn es vollständig sein soll. Und deine Forschung kann auch nicht abgeschlossen werden, ehe du nicht Esmeralda getroffen hast.

In diesem Augenblick ergebe ich mich meinem Schicksal und akzeptiere den Kelch. Alles wird gut werden. Ich werde Esmeralda treffen, und ich werde, wider mein besseres Wissen, mit ihr schlafen. Schon bald danach wird die Syphilis eine ernstzunehmende neurologische Störung hervorrufen, die mich davon überzeugen wird, dass ich ein großartiger Musiker bin.

Manche werden das genauso sehen, und ich werde nach Tel Aviv eingeladen werden, um dort zu singen. Dort, unter Zitronenbäumen, werde ich einem mächtigen Filmproduzenten begegnen. Ihm werde ich eine Idee unterbreiten und schon bald werde ich mit Mephisto einen Managementvertrag abgeschlossen haben, einen Vertrag, der mich so berühmt machen wird, wie ich es mir in meinen kühnsten Träumen nicht ausgemalt hätte.

– Die Tatsache, dass du mich nur sehen kannst, weil du wahnsinnig bist, wird Mephisto zu mir sagen, bedeutet nicht, dass es mich nicht dennoch gibt.

An diesen Satz werde ich mich sofort erinnern, denn der Dämon hat zu Adrian Leverkühn genau dasselbe gesagt.

29

Schon bevor ich meinen Pakt mit Beelzebub schloss, gehörte ich zu denen, die ihren eigenen Weg gehen. Als Kind, wenn ich nicht zur Schule wollte, gab ich einfach vor, krank zu sein. Rasch wurde ich Experte, wie ich meinen Eltern falsches Fieber vorspielen konnte oder weit besser: echtes Fieber zu induzieren. Das ist das Geheimnis der klugen Trickbetrüger: Niemals etwas vortäuschen. Man schafft im Gegenteil Wirklichkeiten, die für eine gewisse Zeit der eigenen Kontrolle unterliegen und den eigenen Zwecken dienen.

Der Umstand, dass Romane oder Filme über Trickbetrüger für gewöhnlich äußerst erfolgreich sind, mag seinen Grund darin haben, dass die räumlichen und zeitlichen Erzeugungen von Mikrowirklichkeiten (oder „Tricks") nicht meilenweit von dem entfernt sind, was wir tagtäglich tun.

Wir versuchen doch alle, der Wirklichkeit eine bestimmte Schräglage zu verleihen, indem wir unsere Anliegen so zurechtbiegen, dass sie zu unseren politischen Ansichten passen oder wenn wir versuchen, die Börse zu manipulieren oder über uns selbst in der Presse parlieren. Die Tatsache, dass die meisten von uns in diesem Spiel der strategischen Kursivierung letzten Endes doch den Kürzeren ziehen (und von gewiefteren Trickstern – Politikern, Finanzhaien und Prominenten – ausgestochen werden), erzeugt die Schadenfreude und lässt uns hoffen, dass es auch für die Geschichten der Trickster am Ende doch eine Art karmische Quittung geben wird. Thomas Mann hat sich dieses Problems entledigt, da er starb, ehe er noch ein passendes Ende für *Felix Krull* finden konnte.

Manns Erzählung entwickelt einen solchen ironischen Sog, weil er die Geständnisse eines schlechten Menschen in Form bombastischer Prosa vorstellt, die auch Goethes Autobiografie *Dichtung und Wahrheit* auszeichnet. Was dabei herauskommt, ist verwandt mit Genets Verwendung von blumiger und modriger katholischer Bildlichkeit in seinen Geschichten über Matrosen, Drogensüchtige, Zuhälter und schwule Mörder. Die Bezugnahme auf Goethe erlaubt es Mann, Felix Krull mit dem Wissenschaftler Faust in Verbindung zu bringen, der ja schließlich auch von seiner zauberhaften Fähigkeit, zu kriegen, was immer er will, zu Fall gebracht wird.

Ich las das Buch, als ich in Paris lebte. Nach dem Tod meines Vaters kam ich dort ohne einen Groschen an. Anfänglich starrte ich in Schaufensterscheiben. Das war tatsächlich lehrreich, denn das Schaufenster eines Kaufhauses sagt einem alles, was man wissen muss, um die Sehnsüchte des kleinen Mannes zu verstehen, seine Vorstellung, die er sich vom „Luxus" macht. Und hat man sich einmal in die Sehnsüchte eines Menschen hinein begeben, dann besitzt man auch den Schlüssel zu seiner Identität. Wenn man also als einer von ihnen durchgehen will, dann liegt da eine ganze Reihe von nützlichen Vorschlägen parat, was man anziehen und wie man wohnen sollte – und daneben finden sich auch gleich die Preisschilder.

Bald schon fand ich Anstellung in einem großen Hotel und arbeitete mich rasch vom Liftboy zum Oberkellner hoch. Ich klaute hie und da, nur um mir ein paar hübsche Klamotten zulegen zu können. Sobald ich Zugang zu den Gästen hatte, ermöglichten mein einnehmendes Äußeres und mein Charme es mir, mich ins Herz der wohlhabenden Familien einzuschleichen und so schloss ich auch mit einem reichen jungen Mann namens Venosta Freundschaft.

Venostas Familie wiederum machte sich Sorgen wegen dessen Interesse an einem Flittchen namens Zaza. Sie verfügten, dass er sich auf eine Schiffsreise begeben soll, um damit etwaigen Schwierigkeiten aus dem Weg zu gehen, doch da wir einander ähnlich sahen, hatte Venosta eine Idee: Er würde mir falsche Papiere verschaffen. Ich würde mich als er ausgeben und anstatt seiner die Weltreise antreten. Auf diese Weise wäre für ihn die Bahn frei, um mit Zaza in wilder Ehe zu leben.

Diese Reise bot die formidable Gelegenheit, sich an die Reichen ranzumachen. Unser erster Anlegehafen war Lissabon, wo ich ein Mädchen namens ZouZou verführte. Ich wäre weiter nach Südamerika gereist und hätte noch jede Menge

Abenteuer erlebt und ebenso viele Leute hereingelegt, wäre Thomas Mann, der diese Handlung entwickelt hatte, nicht gestorben und hätte uns auf diese Weise hängen lassen. Aber ihr habt begriffen, worum es ging; wenn ihr mehr davon wollt, dann seht euch *Zelig* an oder greift zu Melvilles *Maskeraden* oder Highsmiths *Der talentierte Mr. Ripley*.

Nebenher bemerkt: Thomas Manns unvollendeter *Felix-Krull*-Roman erschien 1954, und Patricia Highsmith veröffentlichte *Der talentierte Mr. Ripley* (bei dem es auch um einen Hochstapler geht, der sich auf einer Weltreise befindet) nur ein Jahr später. In ihrem Buch steht Ripley ein Happy End ins Haus; nachdem er einen letzten Willen gefälscht hat, erbt er ein Vermögen und lässt sich auf einer griechischen Insel nieder. Highsmith entwickelt die Geschichte dieses Tricksters in fünf Romanen, die Fans insgesamt als *Ripleyade* bezeichnen.

30

Ich kann es spüren. Ein Tritt im Inneren meines Bauchs. Agnes, meine weibliche Seite, die auf Grundlage der Künstlerin Louise Bourgeois entwickelt wurde, versucht zurückzukommen.

Nachdem ich, in der Hoffnung ihren Geist zu erweitern, Gretchen absichtlich mit der Syphilis infiziert habe, begann ich langsam und vorsichtig hie und da Agnes aufblitzen zu lassen. Vielleicht hatte das etwas Homöopathisches; ich wollte Gretchen nicht abermals verschrecken, gleichzeitig aber auch sicherstellen, dass im Fall des Auftritts von Agnes alles unter kontrollierten Bedingungen und ohne ernsthafte Folgen abläuft.

Außerdem war ich nicht damit einverstanden, dass Gretchen nur den akzeptierbaren Teil von mir liebte. Um mich wahrhaft geliebt fühlen zu können, mussten auch meine Eigenheiten anerkannt werden.

Ich war der Überzeugung, dass die Syphilis Gretchen dazu bringen würde, seltsame und neue Dinge leichter anzunehmen. Man bedenke bloß, dass beinahe die gesamte Moderne sich aus der Syphilis Nietzsches und aus dem Kokain Freuds entwickelt hat.

Ich begann an die Wände des Matterhornhauses zu kritzeln. Ich spannte irgendwelchen Schrott mit Draht zusammen und ließ die Sachen dann anschließend herumliegen. Von Zeit zu Zeit verlor ich eine Bemerkung darüber, dass mein Vater, ein Restaurator für Wandteppiche, ein Verhältnis mit Sadie, der Englischhauslehrerin, hatte, und dass ich ihr gerne den Hals umdrehen möchte. O, mein Vater hat England geliebt! Ihr versteht – für ihn waren die Engländer fehlerfrei.

Ich war peinlich genau darauf bedacht, mich nicht als Agnes zu kleiden. Das war immer noch eine delikate Angelegenheit. Aber ich konnte reizbar sein, Hasen ausstopfen und große Spinnen auf Papierservietten malen, ohne das Gretchen mit der Wimper zuckte.

Selbstverständlich ist Sadie schon vor langer Zeit gestorben. Aber ich bringe sie trotzdem noch jeden Tag aufs Neue symbolisch um die Ecke.

Gretchen würde mich etwas befremdet ansehen, wenn ich solche Sachen von mir gebe, aber es war nicht so wie beim letzten Mal. Wenn man am Gipfel des Matterhorns lebt, dann ist es schwer, sich einfach zu vertschüssen. Da überlegt man schon zweimal. Wenn Probleme auftreten, dann arbeitet man gemeinsam an ihnen.

Als Kind war ich mit vielen Konflikten konfrontiert. Für meine Eltern wurde ich unersetzlich, weil ich die fehlenden Teile wieder zurück in die Wandteppiche zeichnen konnte. Wenn sie sich zankten, griff ich mir ein warmes französisches Weißbrot und formte aus dem Teig kleine Skulpturen, die ich dann in einer Reihe aufstellte.

Wenn mein Vater ein englisches Mädchen schwängerte, dann schickte er sie einfach wieder zurück nach England. Problem gelöst. England war weit weg.

Die Sache mit einer Spinne ist, dass sie Schäden behebt. Wenn man ihr Netz zerreißt, dann wird sie neue spinnen. Wenn ein Wandteppich beschädigt ist, dann repariert man auch diesen. Man zieht sich die Seide aus dem eignen Bauch heraus, ganz organisch-biologisch.

Manchmal muss man die Konfrontation suchen, und ich mag das. Ich war in der Hölle und bin wieder zurückgekommen – und ich kann Euch sagen: Es war klasse.

31

Ein typischer Tag im Zumthor-Haus beginnt bei Tagesanbruch mit einer Inspektion des Moos-Gartens. Das ist nicht besonders anstrengend, da aufgrund der Anlage der Villa der Garten von jedem Raum aus einsehbar ist. Es gibt keine Fenster nach draußen, durch die man die Landschaft sehen könnte: Alles konzentriert sich auf das Moos.

Bald danach wird es Zeit, die Ziegen zu melken. Ich muss viel Milch trinken, um den Alkohol, den ich jeden Abend zu mir nehme, wieder zu absorbieren. Meine Morgen verbringe ich deshalb ebenso emsig, wie die Abende ausschweifend.

Ich mache verschiedene Turnübungen, um sicherzustellen, dass ich gelenkig und geschmeidig bleibe. Dabei folge ich keiner speziellen Praktik des Ostens. Bewegung ist die Hauptsache.

Ich schreibe bei Kerzenlicht, in einem Zustand, der exakt zwischen völliger Nüchternheit und Delirium liegt. Ich posiere für ein paar Fotos mit Touristen und Bergsteigern. Dann ist es Zeit fürs Mittagessen.

Zu Mittag gibt es immer genau das gleiche Gericht. Kichererbsen-Curry mit Tomatensauce und Reis. Es gibt indisches *Chana Masala*, das man in großen Gebinden, einzeln in Metallfolienbeuteln verpackt, kaufen kann. Das Gericht ist vegan und glutenfrei; nicht, dass ich Anhänger irgendwelcher Praktiken des Ostens wäre, aber ich habe Vorrat für einige Monate.

Ich verbringe üblicherweise ein oder zwei Stunden damit, zu studieren und nachzudenken, was zuweilen bis zum Nickerchen am mittleren Nachmittag durchgehalten wird. So sehe ich zum Beispiel die Werke Immanuel Kants durch. Zurzeit konzentriere ich mich auf seine *Prolegomena zu einer jeden künftigen Metaphysik, die als Wissenschaft wird auftreten können.* Um ehrlich zu sein, komme ich nur langsam voran. Ich habe mich ein wenig festgefahren.

Daran schließt sich dann meine leere „Altlastenphase" an. Würde ich noch in einer Stadt leben, besuchte ich in dieser Zeit Freunde, würde spazieren gehen und schönen Frauen hinterhersehen, würde Telefongespräche führen, in Kneipen

was trinken und ins Kino gehen. Da auf einem Berggipfel
nichts dergleichen möglich ist, beobachte ich die Lichtwech-
sel über der Landschaft, ganz besonders die Wolkenforma-
tionen, und lasse mich volllaufen. Das gefällt mir besser als
jedes Kino.

Ich vermisse meine Freunde Albin Zollinger, Konrad Bän-
ninger, Paul A. Brenner, Max Frisch, Friedrich Dürrenmatt,
Gilbert Trolliet, den Musiker Rolf Looser und den Bildhauer
Hans Aeschbacher, die Philosophen Hans Saner und Hans
F. Geyer, und nicht zu vergessen den Schriftsteller und Lehrer Adolf Muschg; ich verdanke es meinen Beziehungen zu
Suhrkamp, dass ich ihm vorgestellt wurde. Es wäre auch
schön, ein bisschen häufiger Peter Handke, Elias Canetti
und den Verleger Siegfried Unseld zu Gesicht zu bekommen.

Wir haben uns früher immer im Bahnhofbuffet Olten, im
Kanton Solothurn, getroffen. Wir wurden Gruppe Olten
genannt und haben uns vom SSV, dem Schweizerischen
Schriftsteller-Verein, abgespalten, weil wir diesen für nicht
fortschrittlich genug hielten. Das Oltener Bahnhofbuffet war
für uns leicht zu erreichen, ganz gleich, wo auch immer wir
in der Schweiz lebten. Wir brauchten bloß auf den Zug zu
gehen.

Wir teilten ein paar gemeinsame Überzeugungen. Wir
stimmten überein, dass die Welt möglicherweise vom Leviathan erschaffen worden war, einem gnadenlosen Raubtier,
das auch der Vorfahr aller Menschen war. Leviathan ist
riesig, aber es ist nicht unmöglich, ihn anzugreifen. Deshalb
glaubten wir auch an die Möglichkeit einer Revolution. Wir
hatten eine Vision des Utopias, das auf eine solche folgen
sollte. Nur wenige Menschen würden übrig bleiben. Die

Welt würde im Grunde leer sein, gleich einem blinden Spiegel, der nichts mehr spiegelt.

Unser Club wurde finanziell vom Germanisten und Essayisten Jan Philipp Reemtsma, dem Sohn des deutschen Zigarettenfabrikanten Philipp F. Reemtsma, unterstützt. Wir hatten nichts gegen Zigaretten, Pfeifen oder Zigarren. Besonders Frisch führte immer eine elegante Pfeife zwischen den Lippen. Häufig schnitten wir erotische Themen an, die dann die Stenotypistin des Clubs, Fräulein Kramer, schockierten. Sie wurde angestellt, um Kurzschriftnotizen über die Treffen anzulegen, weigerte sich aber oft, sexuell gefärbte Geschichten mitzuschreiben.

Die veröffentlichten Materialien liefern daher einen etwas verzerrenden Eindruck. Man kann lesen, dass wir Betrachtungen über den Mond anstellen, uns über Nutzen und Nachteil der Gnosis auseinandersetzen, die Werke Wielands bewerten, durch Olten spazieren und die Risse im Straßenpflaster abzeichnen, uns in Kaufhäusern umsehen und die Perücken aus Nylon anprobieren, die die Hausfrauen so tragen. In Wahrheit aber haben wir uns die meiste Zeit über schmutzige Geschichten erzählt.

Da es in der Gruppe, abgesehen von Fräulein Kramer, keine Frauen gab, kam ich oft als Agnes gekleidet, allein damit das Zahlenverhältnis ausgewogener war.

Einige der örtlichen Ansässigen konnten uns nicht ausstehen. Ich entsinne mich an einen Journalisten, der uns „eine große überschlaue Zwitschermaschine" nannte. Vielleicht waren wir ein wenig zu sehr von uns selbst überzeugt.

Jetzt sind wir alle äußerst alte Männer oder tot.

Die Treffen hörten vor ein paar Jahren auf. Der Erfolg von *Das Buch vom Moos* ärgerte einige von meinen alten Freunden. Dass man einen derartigen populären Erfolg mit so einem Avantgardetext einfahren konnte, stimmte einige meiner Verbündeten verdrießlich. Auch wenn sie mich beglückwünschten und mir sagten, dass ich diesen Erfolg verdient hätte, so rochen doch ganz sicher einer oder zwei, dass hier etwas faul war.

Ich vermisse diese Gesellschaft, aber Gretchen ist mir Trost und Freude.

32

Mephisto Management weigert sich, meine Anrufe oder E-Mails zu beantworten. Überhaupt haben sie sich seit diesen Tagen mit Aoi Yu und den logistischen Alpträumen, die mit der Errichtung des Zumthor-Hauses in Zusammenhang standen, mehr und mehr widerwillig gezeigt, meinen Launen zu entsprechen. Der Gerechtigkeit halber sei allerdings auch angemerkt, dass es ihnen beim Großteil dieser Sachen ohnehin freisteht, ob sie sich involvieren lassen oder nicht. Der rechtswirksame Vertrag beinhaltet ausschließlich Klauseln, welche die Veröffentlichung und den Vertrieb von *Das Buch vom Moos* sowie weltweiten Ruhm und meine ewige Seele betreffen. Alles andere war nur das Sahnehäubchen obenauf.

Meine eigene Theorie in dieser Angelegenheit besagt, dass Mephisto im Begriff ist, sein Geschäftsmodell umzustellen. Er will sich aus dem persönlichen Management zurückziehen und sich in Zukunft verstärkt der sozialen Netzwerkerei widmen.
Dort ist der Spielraum für das Böse viel größer und es gibt die Möglichkeit, großflächig parallellaufende Korruption ins

Werk zu setzen, indem man automatisierte Algorithmen zum Einsatz bringt. Angesichts dieser neuen Möglichkeiten besteht für Mephisto kaum noch irgendwelche Motivation, sich mit pathetischen Künstlertypen persönlich rumzuschlagen. Um der Wahrheit die Ehre zu geben: das ist auch reine Zeitverschwendung. Leute wie ich sind niemals zufrieden oder glücklich. Unsere ständig größer werdenden Egos brauchen mehr und mehr Pflege, wobei wir immer weniger und weniger zurückgeben. Gebt uns alles und gleich darauf werden wir noch mehr wollen.

Das Problem dabei ist, dass diese Geschichte nicht mehr weit trägt, wenn Mephisto von der Bildfläche verschwindet. Ich lebe mit meiner Traumfrau in meinem Traumhaus und ich habe die Position erreicht, die ich immer angestrebt habe. (Auch wenn ich verdammt bin, stehe ich im Grunde über allem.) Dennoch fühle ich mich leer im Inneren; es ist eine unerfreuliche Vorahnung auf die Ewigkeit der Leere, von der ich weiß, dass sie mich erwartet und eine Verdichtung der Leere, die meine große Leistung – meinen Bestseller – ausmacht.

In meinem *Buch vom Moos* passiert überhaupt nichts. Weiter oben habe ich euch ein paar Kapitelüberschriften geliefert, hier jetzt nun die ganze Synopsis:

Kapitel 1: Moos. Ein Kapitel über Moos. Um ehrlich zu sein, ist das wahrscheinlich das spannendste Kapitel und deshalb wohl auch das einzige, das die meisten Käufer lesen werden. Anstatt irgendwelche historiografischen oder biologischen Details über das Moos zum Besten zu geben (das könnte sich nämlich als kontrovers und polarisierend erweisen), nimmt das Kapitel die ganze Idee des Mooses auf halbabstrakte Weise in den Blick. Es versucht also beide Seiten der Sache zu beleuchten, denn die Ausgewogenheit in diesem Buch ist absolut entspannend. Es gibt in diesem Sinne auch jede Menge von verräterischen Wendungen wie *Einerseits … andererseits wiederum* oder *Manche meinen … andere jedoch wiederum* oder *Es wäre vermessen anzunehmen … ich überlasse es dem Leser zu entscheiden.*

Kapitel 2: Wachsendes Moos. Ich überlasse es anderen Autoren, sich über die mechanischen Wachstumsvorgänge des Mooses zu verbreitern. In diesem Kapitel beschränke ich mich komfortabel auf seine Fülle. Die Biomasse des Mooses ist gewaltig und sie wird nicht weniger. Moos hat verbindliche und beruhigende Eigenschaften und je mehr Moos es auf der Welt gibt, umso verbindlicher und beruhigender wird sie sein. Selbstverständlich wäre es aber zu gewagt, hierüber zu spekulieren.

Kapitel 3: Moos in einem Raum. Das ist das eigenartigste Kapitel. Moos wächst für gewöhnlich draußen, aber hier – beinahe auf Beckettsche Art, oder wenigsten in einer an Pinter erinnernden Weise – erleben wir das Moos im Milieu des Menschlichen. Ich lasse den Realismus hinter mir (ein Prinzip, das ich in meinen Schriften noch nie begeistert aufgenommen habe) und rede ganz einfach von der unwahrscheinlichen Existenz des Mooses in einem leeren Raum. Dabei vermeide ich vorsichtig verwirrende Fragen wie: „Was passiert, wenn das Moos in die Steckdosen hineinwächst und dann, als Folge der Kondensation, sich ein gefährlicher Kurzschluss in diesem Raum ereignet?“

In diesem Kapitel gibt es keine Dialoge, denn kein menschlicher Besucher betritt den Raum, in dem das Moos sich aufhält, und will – beispielsweise – wissen, was das Moos hier zu schaffen habe. Irgendwie bereue ich nachträglich dieses Vorgehen.

Kapitel 4: Moos. Eine wortwörtliche Wiederholung des ersten Kapitels, weil ich bereits davon überzeugt bin, dass an dieser Stelle niemand mehr liest. Und so sicher wie das Amen in der Kirche, hat auch keine einzige der begeisterten Rezensionen diese Wiederholung bemerkt. Die meisten Kritiker gaben sich damit zufrieden, die Pressemappen zu reproduzieren und auf die zahlreichen Aspekte meiner Prominenz hinzuweisen, die vom Mephisto Management für mich entwickelten wurden.

Kapitel 5: Da keiner mehr liest, kann ich es mir erlauben, ein wenig herumzuspielen, um mich selbst bei Laune zu halten. Ich führe einen Charakter mit Namen Icek Judko ein, einen nervösen Mesomorphen, der im Rollstuhl sitzt und den zotteligen Kopf eines Löwen hat. Judko lebt in einer Lager-halle ohne Hausnummer an der Autobahn 7, auf halben Weg zwischen Mellikon und Rümikon, unweit der schwei-zerischen Grenze zu Deutschland. Er manipuliert gerne die Hirne von Menschen und verwendet zu diesem Zweck – auf Arten und Weisen, die mir zu krank erscheinen, als dass ich mich jetzt hier näher dazu äußern möchte – die Moose. Ich stelle ihn mir als einen Charakter vor, der in den rückwärts abgespielten Einstellungen von David Lynch vorkommen könnte, nur dass er ein bisschen unheimlicher ist. Wenn man dich entführt, geknebelt und gefesselt hat und dich anschließend in Icek Judkos Lagerhalle gebracht, dann wer-den sich deine Ansichten über das Moos – nun ja, sagen wir mal: sie werden andere sein.

Kapitel 6: Kapitel 6 starrt auf den Boden, pfeift und verhält sich ganz so, als ob es Kapitel 5 niemals gegeben hätte. Da-mit kommt es beinahe durch, gleichwohl auf dem Gelände von Facebook und Google Argwohn besteht, denn Mitarbei-ter dieser Firmen wissen alles und können nicht übers Ohr gehauen werden, was sich bestimmten Algorithmen von ihnen verdankt, die sie in die Lage versetzen, beinahe alles in der menschlichen Seele einzuschätzen. Das Kapitel scheint sich mit dem Moos zu beschäftigen, in Wirklichkeit geht es aber um Konsumentenvorlieben, politische Verstrickungen und nicht erfolgreich unterdrückte sexuelle Neigungen.

Kapitel 7: Das Moos auf Urlaub. Ein Kapitel, das den *Caroline*-Bildgeschichten von Pierre Probst nachgebildet ist (*Caroline auf dem Meer, Caroline in Europa, Carolines Grand Tour, Carolines Winterferien* und so weiter). In meiner Fassung wird das etwa siebenjährige, blond bezopfte Mädchen, das ein unabhängiges Leben inmitten einer Gruppe befreundeter Tiere lebt (die Hunde Bobi, Youpi und Pipo; die Katzen Pouf und Noiraud; der Bär Boum; das Löwenjunge Kid und der Panther Pitou), durch das Moos ersetzt. Ich fasse den Inhalt aller Alben zusammen und moosifiziere ihn, was dazu führt, dass dieses Kapitel bemerkenswerte 150 Seiten umfasst.

Kapitel 8: Moos – eine vorläufige Zusammenfassung. Da nach den Abenteuern des Mooses und seinen tierischen Freunden nicht mehr viel Platz bleibt, bringe ich das Buch überstürzt mit dem Gedanken zu Ende (wenn Sie das Ende nicht verraten haben wollen, dann lesen Sie ab hier die Zeile nicht weiter), dass es sich beim Moos um ein Thema handelt, über das man alles und deshalb auch nichts sagen kann (oder, umgekehrt, handelt es sich um ein Thema, über das man nichts sagen kann und deshalb auch alles). Das ist ein angenehmer und sinnreicher Verweis, um die letzten Seiten einzuläuten. Ich bin sogar geneigt, Adornos Ausspruch zu zitieren: *Am Ende ist Seele selber die Sehnsucht des Unbeseelten nach Rettung.* Doch ich widerstehe dieser Versuchung.

Die Idee, *Das Buch vom Moos* zusammenzustellen, bestand darin, eine Art riesenhaften konzeptuellen Witz über die vollendete Tatsache des todsicheren Erfolges eines Buches zu machen, indem man eben dieses als das langweiligste Buch entwarf, das je geschrieben wurde. Doch wie Sie bereits dieser Zusammenfassung entnehmen konnten, scheiterte ich auch an dieser Aufgabe. Das Buch ist durchaus interessant, vor allem die späteren Kapitel, bei denen ich – bestärkt durch die Annahme, dass hier niemand mehr lesen würde – hinsichtlich der Entwicklung des Handlungsfadens und der Charaktere risikofreudiger war, als ich es hätte eigentlich sein sollen; alles nur, um mich selbst bei Laune zu halten.

Langweilig zu sein ist in der Tat ein schwieriges Unterfangen, denn langweilig zu sein, ist vor allem äußerst langweilig.

33

Probleme treiben unsere Leben voran, ganz genau so, wie sie auch eine Erzählung vorantreiben. Nun bringt es der Erfolg mit sich, dass er die Probleme verschwinden lässt. Deshalb gibt es auch so wenig Romane über äußerst erfolgreiche Menschen.

Das erkläre ich Gretchen.

Goethe, der viel klüger war als ich, tat in seinem *Faust* etwas, das ich bislang verschmäht habe: Er fügte eine gute Portion Melodrama hinzu. Wie ich schon weiter oben erwähnt habe, tötet in Goethes Fassung Gretchen versehentlich ihre Mutter, wird von mir geschwängert und ich und Mephisto töten ihren Bruder Valentin im Kampf.

Gretchen tötet daraufhin meinen neugeborenen Sohn, wird des Mordes angeklagt und auch verurteilt. Nur der Eingriff göttlicher Macht rettet sie vorm Galgen.

– Wie schrecklich, ruft das echte Gretchen aus.

In der Tat finde ich derlei Melodrama unglaublich vulgär. Wäre ich vielleicht ein solcher Idiot, der sich mit einer Frau einlässt, die unbeabsichtigt ihre eigene Mutter tötet und dann absichtlich mein Kind? Und warum sollte Doctor Hanamaru dermaßen daran interessiert sein, diese fleischgewordene Sauerstoffverschwendung zu retten? Der ganze Plot ist nichts weiter als reine Gefühlsmanipulation durch den Verfasser, die wie mir scheint darauf abzielt, die leicht zu beeindruckenden Theaterbesucher zu Tränen zu rühren. Eine Fassung des 20. Jahrhunderts von Faust wäre zweifellos cooler und didaktischer. Jawohl – Brechtscher.

– Brechtscher?, fragt Gretchen.

Ja. Für Brecht, musst du wissen, sollte die Gesellschaft insgesamt gerettet werden. Das Schicksal eines überambitionierten bürgerlichen Subjekts, das sich auf einen Vertragsabschluss mit einer magischen Wesenheit einlässt, ist völlig unerheblich; und die Vorstellung, dass ein paar Schicksalsschläge uns auf seine Seite ziehen sollen, ist abstoßend. Brechts ideales Publikum würde es sich auf den Stühlen ihrer „Rauchtheater“ in den Fabriken bequem machen, um hellsichtig die betroffenen gesellschaftlichen Bedingungen zu analysieren; diese weisen, dem Tabak frönenden Arbeiter würden für Gretchens Unglück bloß Hohn übrig haben, obgleich ihnen doch auffallen möchte, dass ihre Errettung die von Macheath am Ende der *Dreigroschenoper* spiegelt.

– Das stimmt, das ist mir noch nie aufgefallen. Du bist so scharfsinnig, mein Liebster.

Brecht parodierte Goethe in seinem Stück über die Jungfrau von Orléans *Die Heilige Johanna der Schlachthöfe*, wo Chicagos Fleischkönig Pierpont Mauler – gleich Faust – Sieger bleibt, indem er versucht zu vermeiden, Opfer zu sein. Brecht glaubt ja, dass unter den Bedingungen des Kapitalismus Mitleid nur Schwäche sein kann und Barmherzigkeit ein lahmes Schmerzmittel. Mauler spricht in der klassischen Hexameterform eines vor-vernünftigen tragischen Helden, sogar dann, wenn er die Arbeiter Chicagos einsackt und die Fleischmärkte manipuliert. Der Kapitalismus nimmt für sich selbst die Kräfte der Natur in Anspruch und Mauler versucht, wie Faust, die Natur mittels Alchemie unter seine Kontrolle zu bekommen. Johanna ist hingegen – wie Gretchen – durch ihre Zweifel und Bedenken ausgehöhlt und scheitert daran, einen Streik in eine Revolution zu verwandeln.

– Liebster, zu solchen Tricks brauchst du nicht zu greifen. Du bist viel cooler als Brecht und Goethe!

Danke, mein Schatz. Du hast recht, ich brauche kein Melodrama, keine Natur, keine Religion und keinen Klassenkampf um meine Erzählung voranzutreiben. Ich habe es nicht nötig, satirische Formen des Zwistes in mein Utopia einzuführen. Ich habe ein Geheimnis verstanden: Der vollendete Antrieb jeder Erzählung ist die Langeweile. Und da das denkbar Langweiligste der Erfolg ist, so kann auch dieser fesselnd dargestellt werden, indem man die Langeweile nicht außen vor lässt, sondern sie akzeptiert, so wie man es akzeptiert, dass sich das Moos nach allen Richtungen bis hin an den Horizont erstreckt.

– Liebling, ich liebe es, wenn du mir die deutsche Literatur
erklärst!

34

Ich stehe draußen am Berg, um mit einer Gruppe von Bergsteigern, die sich als Frosch, Brander, Altmayer und Siebel
vorstellen, für ein Foto zu posieren. Frosch ist sehr groß.
Brander hat einen kleinen Hund, der just hinter einem kleinen Türmchen aus Steinen sein Geschäft verrichtet hat. Er
hebt das Würstchen auf, wobei seine Hand durch einen
Plastikhandschuh geschützt wird, und verstaut es in einem
Plastikbeutel, den er dann in ein speziell dafür entworfenes
Fach in seinem Rucksack steckt. Altmeyer und Siebel schä-
len eine Zwiebel mit ihren Zähnen.

– Wie wärs mit 'nem Schluck?, fragt Frosch und holt eine
Dose Bier aus seiner Tasche.

– O, nicht für mich, danke!

– Dann lass dir doch mal das reinlaufen.

Frosch bietet mir die schalen Überreste aus einer Dose an,
die er schon vor einer ganzen Weile geöffnet hat.

– Nein danke. Ich muss los.

– Nach Hause? Komm mir nicht so. Ich sag: Komm mir
nicht so! Hast du das gehört, Siebel?

Siebel kichert auf leicht bedrohliche Weise, den Mund voller
Zwiebel.

– Ich muss dich erst mal beim Snooker schlagen, sagt Frosch und macht einen Bereich am Boden frei, der mit Schotter übersät war, und platziert dort ein paar Felsbrocken. Brander und Altmayer reißen zwei weitere Bierdosen auf.

– Ich kann jetzt nicht Snooker spielen.

– Nie kannst du Snooker spielen, aber jetzt werden wir in jedem Fall ein Spielchen machen, beharrt Frosch.

Brander schiebt mir eine Bierdose in die Hand, an der ein bisschen Hundescheiße klebt.

– Nicht für mich, danke. Ich weiß, wann ich genug habe.

– Das sehe ich, sagt Frosch, du hast die ganze Nacht mit einer einzigen Flasche Starkbier gekämpft.

– Woher weißt du das?

– Die Hälfte davon klebt dir noch unten an deiner Krawatte. Aber weil wir grade vom Stahlträgerstemmen reden – mit dem, was du gesüffelt hast, könntest du nicht mal einen fallen lassen. Machst'e dir Gedanken um deine Lady?

– Nein, aber sie wird sich wundern, wo ich bleibe.

– Das wär mir egal. Solange du weißt, wo *sie* ist, passt doch alles!

– Nun ja, manchmal wird sie schon wütend.

– Und das lässt du durchgehen? Haste das gehört, Siebel? Er lässt sie wütend werden! Hast du eine Hirnwäsche nötig,

Heinrich? Sie wird doch wohl das Essen fertig haben, wenn du heimkommst?

– O, das glaube ich nicht. Allerdings habe ich riesigen Hunger.

– Na, ich würde mir das nicht gefallen lassen. Pass auf, du schickst sie schlafen, dann weckst du sie wieder auf und sagst, dass du dein Abendessen willst. Und dann isst du es nicht.

Die anderen Männer kichern über diese Probe frauenfeindlicher Logik.

– Der Mensch lebt glücklicherweise nicht vom Brot allein. Es ist aber so, dass sie jetzt im Bett sein wird, und ich habe keinen Schlüssel. Das würde mir nichts ausmachen, aber es war schon schwer genug rauszukommen.

– Du wirst noch viel mehr Mühe haben reinzukommen, platzt Frosch unverblümt heraus.

– Mach dir keine Gedanken. Ich bin der Herr im Haus; und das weiß sie auch.

– Oho. Ich schätze, nachdem du ein paar Mal an die Tür gehämmert hast und sie aus dem Bett gejagt, wirst du feststellen, dass die Geschäftsführung gewechselt hat. Warum kletterst du nicht aufs Dach und springst von dort runter; vielleicht kommt sie raus und fängt dich auf.

Die Dämonen gackern hysterisch.

– Eines Tages wird all das dir gehören, sagt Brander, und reicht mir eine halb gerauchte Zigarre.

Ich kraxle über die Felsen zum Zumthor-Haus zurück. Es ist später, als ich dachte; und anscheinend habe ich meine Schlüssel verloren. Branders schwarzer Hund folgt mir bis vor die Tür.

– Ich bins, Geliebte!, rufe ich durch den Briefschlitz.

– Mich wundert, dass du die Frechheit besitzt, überhaupt nach Hause zu kommen, johlt Gretchen aus der Küche. Sie hat offenbar auf mich gewartet und sich dabei in Rage gebracht.

– Wie meinst du das, Schatz?

– Wo glaubst du, hast du die ganze Zeit gesteckt? Dein Essen habe ich der Katze gegeben. Und wessen Hut hast du da auf?

Sie öffnet die Tür. Ich greife mir an den Kopf. Dort sitzt Froschs hässlicher Gletscherhut.

– Du stellst die Gretchenfrage, scherze ich, und versetze Branders Hund einen Tritt.

– Du warst irgendwo, sagt Gretchen, und du warst mit jemandem zusammen. Komm schon, komm her! Seit wann benutzt du Frauenparfum? In einer dieser Nächte habe ich dich beobachten lassen. Man darf dich einfach nicht rauslassen!

Gretchen hat sich den Akzent von Salford zugelegt.

– Es ist hoch an der Zeit, dass du dich deinen Verantwortlichkeiten stellst, mäkelt sie. du glaubst wohl, dass es reicht, hie und da dein Gesicht zu zeigen und ein paar Kohlen nachzulegen und dann gehört der Rest der Nacht dir. Ich seh dich überhaupt nur noch von hinten.

– Na ja, ich hab schließlich das Recht auf ein bisschen Vergnügen.

– Für mich ist das kein Vergnügen, das kann ich dir sagen! Mir reichts. Ich gehe jetzt ins Bett. Eines Nachts wirst du heimkommen, und ich werde nicht mehr da sein.

Gretchen verschwindet im Schlafzimmer und knallt die Tür hinter sich zu. Dann schließt sie mit dem Schlüssel ab. Der weltberühmte Autor legt sich auf einen Haufen Decken, die in einem Schränkchen unter der Spüle aufbewahrt werden.

Offensichtlich hat die Syphilis doch nicht den Effekt, den ich prognostiziert hatte.

35

Moos macht Ferien. Gemeinsam mit seinen treuen tierischen Freunden: den Hunden Bobi, Youpi und Pipo; den Katzen Pouf und Noiraud; dem Bär Boum; dem Löwenjungen Kid und dem Panther Pitou. Sie unternehmen eine Wildwasserkanufahrt auf den oberen Stromschnellen des Peneios-Flusses in Thessalien, der unter dem Schutz des Flussgottes Penis steht.

Plötzlich stößt das fröhlich gestreifte Kanu beinahe mit einem Kahn zusammen, der mit Sirenen, Greifen und Sphinxen bis zum Anschlag vollgestopft ist.

– Hey, schreien die Sirenen, passt bloß auf. wo ihr mit dem Ding hinfahrt!

– Ja, echoen die Sphinxen, passt um Gottes willen auf!

– Verfluchte Idioten, glauben wohl, der Fluss gehört ihnen!, rufen die Greifen aus.

Als das Schiff wieder unter Kontrolle ist, erzählen die Sirenen dem Moos und den Tieren, dass sie nach Heilwasser suchen und auf dem Weg zum Ägäischen Meer sind. Das Gespräch wird von Seismos, dem Gott der Erdbeben, unterbrochen, der aus den Tiefen brummt und poltert, was bei den Sphinxen Bestürzung hervorruft.

Ein Kuppelgewölbe aus Fels erhebt sich plötzlich aus dem Wasser, und um sie herum wird Kies und Schotter, Lehm und Sand durch die Luft geschleudert. Seismos ergreift rasch die Chance beim Schopf, um jedem, der zuhört, mitzuteilen:

– Hätte ich nicht geschüttelt und gerüttelt, wie wär diese Welt so schön?

– Wohl wahr, geben die Greifen zu. Flussgott Penis schweigt.

An ein paar Stellen glitzert es auf der frisch aufgeworfenen Erde. Gold! Die Greifen fordern einen Trupp von Imsen auf, Selbiges aufzusammeln. Imsen sind eine Art Ameisen.

Unermüdlich tragen die wimmelnden Scharen Imsen einen Haufen Gold zusammen, den die Greifen mit ihren mächtigen Klauen schützen.

Jetzt taucht eine Gruppe Pygmäen auf; geschwind, fleißig und fröhlich.

– Fraget nicht, woher wir kommen, denn wir sind nun einmal da, sagen die Pygmäen.

Jetzt stoßen noch zehn Daktylen auf die bereits übervolle Bühne. Daktylen sind kleine mythische Wesen von phallischer Form, die an Finger erinnern. Sie stehen im Dienst der Großen Mutter Kybele und sind Spezialisten für Metallarbeiten, Mathematik und das Alphabet. In diesem Fall hier aber werden sie von den Pygmäen aufgefordert, Holz vom Berghang zu holen, um Holzkohle herzustellen.

Das ist sehr eigenartig. Ich brülle es Gretchen durch die verschlossene Schlafzimmertür hindurch zu.

Jetzt kommt ein Generalissimus an und übernimmt das Kommando, er befiehlt den Pygmäen, dass sie die Reiher töten sollen, damit man deren Federn als Helmschmuck tragen könne. Das gefällt den Kranichen des Ibykus gar nicht und sie kreischen:

– Missgestaltete Begierde raubt des Reihers edle Zierde.

Reiher und Kraniche tun sich zusammen und fliegen weg.

Das alles passiert im Zweiten Teil von Goethes *Faust*. Es muss verdammt teuer sein, all das auf die Bühne zu bringen, besonders deshalb, weil immer mehr Akteure auftreten. Jetzt kommen noch einige Lamien – Kinder fressende Dämonenköniginnen aus Libyen – dazu, ebenso eine Oreas oder Bergnymphe. Schließlich spaziert auch noch der Homunculus herein. Er sieht ein bisschen verloren und verwirrt aus. Mephistopheles, der über das ganze Chaos präsidiert (sorgenvoll, denn er ist ein deutscher Teufel, der Fremde kommandieren muss), teilt ihm mit:

– Wenn du nicht irrst, kommst du nicht zu Verstand. Willst du entstehn, entsteh auf eigne Hand!

Das scheint ein guter Ratschlag zu sein. Man lerne aus den Fehlern, die man nur selbst begehen kann. Halte dich nicht von der Versuchung fern, da Tugend ohne Versuchung nichts weiter als Einfalt ist.

Moos und seine treuen tierischen Freunde, die Hunde Bobi, Youpi und Pipo; die Katzen Pouf und Noiraud; der Bär Boum; das Löwenjunge Kid und der Panther Pitou sind zu diesem Zeitpunkt schon lange verschwunden. Genauso wie der Flussgott Penis.

– Versuch dich bloß nicht mit solchen chauvinistischen Gängeleien herauszureden, sagt Gretchen.

36

Gestern sah ich einen Schwarm Heringe im Fjord. Sie jagten taumelnd dahin. Hinter ihnen war ein großer Fisch her, der die Nachzügler auffraß, ein Hundsfisch, der wie verrückt schlang und schlang, dazwischen immer wieder Heringstücke ausspie, um dann abermals mit höllischer Gier weiterzufressen. Meine Hand wollte nach Gott greifen, ihn am Revers packen, um ihm dieses leere Gaffen auf tausend sich verschlingende Sternnebel abzuwürgen. Stattdessen griff ich aber in meinen Ranzen und holte *Faust. Zweiter Teil*, hervor.

Meine frühere Verehrung für Goethe ist wie Ziegenmilch sauer geworden. Unsere grausame Welt wird von einem Leviathan regiert und deshalb ist dieser Eudämonismus von Goethe idiotisch. Glück kann niemals Ergebnis einer Rücksichtnahme auf die Natur sein, wenn diese Natur selbst so offensichtlich erbärmlich und zufällig ist. Ein glücklicher Mensch ist eine Missbildung der Natur, die Ausnahme einer Ausnahme. Goethes Stücke und Romane sind Abfalleimer für schale Gefühle. Sie können uns kleinbürgerliche Individuen nur dann als kurzfristig glücklich vorstellen, wenn wir eudämonische – oder schlicht: dämonische – Pakte geschlossen haben.

Nichtsdestotrotz wurde der lauwarme Leichnam von Goethe irgendwie wiederbelebt. Er wird den deutschen Sinn für Selbstwertgefühl wiederherstellen, nachdem dieses von den Nazis in Scherben gehauen wurde. An einem Herbsttag des Jahres 1949 – dem 200. Geburtstag Goethes – gehe ich die Straße entlang, als mich ein Mann namens Fischer vor einer Apotheke anhält. Er lädt mich ein, eine parallele Literaturakademie zu besuchen, die sich gleich nebenan befindet, verborgen durch ein paar Werbeplakate für Zahnpaste und Haargel.

In der Akademie muss ich pissen und öffne eine Kabinentür, nur um hinter dieser den hockenden Goethe zu finden, der seinen ersten guten Piss seit einem Jahrhundert im Sitzen nimmt. Mein Eindringen scheint ihn nicht zu stören.

– Kaffee ist harntreibend, erklärt Goethe. Ich kann Ihnen gar nicht sagen, wie gut das nach so vielen Jahren tut.

Goethe ist seit fünfzehn Stunden zurück. Als Erstes hatte er Kaffee getrunken. Er macht auch Fotos, kippt Schnäpse runter, redet über Politik und Kunst und flaniert durch die Straßen der Stadt, wobei er von Zeit zu Zeit stehen bleibt, um eine Hure aufzugabeln. Das sind alles Sachen, die man auch selbst gerne tun würde, wenn man einige Zeit lang tot war.

Ich bin von Goethe nicht mehr so beeindruckt, wie ich es einmal war. Das hilft uns vielleicht dabei, besser miteinander auszukommen. Ich gähne nicht. Ich betrachte Wolfgang nicht als Religion in menschlicher Form. Ich erzähle ihm stattdessen richtig schlechte Witze wie diesen:

Hitler erzählt einem Esel, dass er sechs Millionen Juden und zwei Clowns umbringen lassen wird.

– Warum die beiden Clowns?, fragt der Esel.

– Da siehst du's, keiner schert sich um die Juden, sagt Hitler.

Goethe versteht diesen Witz nicht, weil er noch nie etwas von Hitler gehört hat.

– Können Esel jetzt sprechen?, fragt er wie ein Kind.

37

Aus dem ehelichen Schlafzimmer ausgesperrt zu sein hat einen Vorteil: Ich nutze die glücklichen Stunden meiner Einsamkeit, um meinem Manuskript *Herr F (Was ewig lebt, schreit ewig)*, dem Nachfolgeband von *Das Buch vom Moos*, den letzten Schliff zu verpassen.

Während ich dieses Buch fertigstelle, fällt mir auf, dass mir etwas ganz Besonderes gelungen ist. *Herr F* ist genauso spannend, wie *Das Buch vom Moos* langweilig war. Es ist leichtfüßig, lebendig und sehr persönlich, wohingegen der Vorgänger steif, schwerfällig und abseitig war. Diese Geschichte von einem gescheiterten Autor, der seine Seele dem Teufel verkauft, um im Gegenzug ein einziges erfolgreiches Buch rausbringen zu können, fesselt von der ersten bis zur letzten Seite. *Das Buch vom Moos* hingegen war beinahe bar jeden Inhalts und todlangweilig.

Selbstverständlich gibt es keine Garantie, dass sich irgendjemand dafür interessieren wird. Diesmal wird sich Mephisto nicht mehr um die Werbekampagne kümmern.

Ein völlig überflüssiges Buch gewann all die glänzenden Preise, und nun wird ein Buch, das jeden nur denkbaren Erfolg verdient hätte, wohl nicht einen einzigen erhalten. Da spielt es auch keine Rolle mehr, wie viele „Vom Autor des *Buchs vom Moos*"-Sticker Suhrkamp Parallel draufkleben wird. Typisch.

Da der Erfolg von *Das Buch vom Moos* schon vorab feststand, gab es für den Autor keinerlei Verpflichtungen, etwas zu beweisen. Damals schien es mir amüsant, diese dämonische Carte blanche auszuspielen und ein Buch in die Welt zu setzen, das im selben Maße allgegenwärtig wie unlesbar war. Möglicherweise wollte ich damit auf unbewusste Weise Doctor Hanamaru, den Autor von allem, nachahmen. In seinem Bestseller *Die Bibel* finden sich zahlreiche moosige Passagen, die in ihrer Behäbigkeit verblüffend unverdaulich sind. (Deswegen hat sich Hanamaru wohl für die Anonymität entschieden, schließlich kennen bis heute nur wenige seiner Leser seinen Namen.)

Obwohl ich meine ewige Seele abschreiben kann, hege ich doch noch ein wenig Hoffnung auf eine kleine Rehabilitierung. Ein klitzekleiner Triumph in der letzten Minute vielleicht. Zum Beispiel nennenswerte Verkäufe des Buches, das ich jetzt, unter Aufbringung all meines ganzen Könnens verfasst habe und das von mir selbst handelt. Etwas, auf das ich stolz sein kann; selbst dann, wenn mich gehörnte Monster bis ans Ende der Zeiten mit ihren giftigen Mistgabeln piesacken werden. Es muss ja so befriedigend sein, von einer wunderschönen Frau nur darum geliebt zu werden, weil man nichts weiter als man selbst ist.

Ich maile das Manuskript also Wilhelm Verleger.

Erst einmal passiert gar nichts. Verleger installiert neue Solarkollektoren auf dem Dach seines Ferienhauses in Bayern. Doch nachdem er die Zeit fand, das Manuskript durchzulesen – offenbar in nur einer einzigen Sitzung, tief in der Nacht und im Licht eines 17-Watt-Strahlers –, teilt mir der Elektroinstallateur sofort mit, dass er es ausgezeichnet findet. Suhrkamp Parallel freue sich ausgesprochen, *Herr F* zu veröffentlichen.

Die Sache hat nur einen Haken. Aus irgendeinem unerfindlichen Grund besteht Verleger felsenfest darauf, dass das Buch von Valentin Mitsukoshi lektoriert werden soll.

38

Valentin Mitsukoshi! Der erboste Bruder von Gretchen! Der Typ, gegen den ich schon vage Drohungen ausgestoßen habe! Der, gegen den „man Maßnahmen ergreifen muss"!

Selbstverständlich protestiere ich. Wie soll denn ausgerechnet Valentin ein unvoreingenommener Lektor sein? Warum unbedingt er? Da er in meinem Buch nachteilig als Halbkrimineller geschildert wird, sollte man ihn wegen Befangenheit ablehnen! Hier geht es schließlich um einen Interessenkonflikt. Womöglich steckt Mephisto Management dahinter, die sich händereibend daran machen, meine letzte Ehrenrettung zu torpedieren.

Ich setze mich an den Schreibtisch und verfasse eine gehar-
nischte Protestnote an Verleger. Während ich aber zwischen
Vorwürfen und Appellen hin und her schwanke, kommt
mir eine Möglichkeit in den Sinn, wie man diesem Desaster
etwas Positives abgewinnen könnte. Warum sollte ich bei
dieser ganzen Aufregung mitspielen? Was wäre, wenn ich
die Arbeit am Text dazu nutzen würde, etwas zu tun, was
ich bisher vermieden habe – nämlich mit meinem Feind
mannhaft und entschieden abzurechnen, wie es mein litera-
rischer Vorgänger Faust mit *seinem* Valentin schon getan
hatte?

Die Aufgabe eines Lektors ist es, die losen Enden einer Geschichte zusammenzuführen. Da Valentin selbst ein solches
loses Ende ist, verschafft mir das die Chance, neue Handlungsstränge zu entwickeln, die zu nichts anderem führen
sollen als zur Niederlage und Zerstörung Valentins.

Anfangen werde ich mit einem Haufen Nebensächlichkei-
ten. Und am Ende werde ich alle Vorschläge Valentins
rundweg ablehnen, ich werde ihn mit grammatikalischen
Pedanterien erschöpfen und verwirren, ihn mit passiver
Aggressivität, subtiler Sturheit, Wortklaubereien, künstleri-
scher Freiheit und durch Widerlegungen und immer neue
Fakten fertigmachen. Zuerst werde ich ihn in Sicherheit
wiegen. Ich werde Zugeständnisse machen. Ich werde zahm
und harmlos sein – nur um ihn dann umso besser ab-
schlachten zu können.

Ich kann es kaum noch erwarten. Komm schon Mitsukoshi,
lass uns anfangen, du verfluchter Bastard!

39

Valentins erste E-Mail ist erwartungsgemäß herzlich. Er stellt sich selbst vor, bestreitet keineswegs die früheren Spannungen, die unser Verhältnis bestimmten, besteht aber darauf, dass das Kriegsbeil begraben sei. Wir bewegten uns jetzt auf einer rein geschäftlich professionellen Basis, und er hätte seine erste Lektüre durchaus genossen. Den Valentin-Charakter erwähnt er zu diesem Zeitpunkt mit keinem Wort. Wahrscheinlich gehört das zu dem, was er vorsichtig mit „bestimmten Problemen, auf die wir später zu sprechen kommen werden" umschreibt.

Einleitend zu seinen „allgemeinen Bemerkungen" unterstreicht Valentin, dass ein Werk der Literatur keineswegs realistisch oder logisch sein müsse – in der Tat sei es vielmehr so, dass Suhrkamp Parallel stolz darauf ist, die Grenzen der Plausibilität zu erweitern. Das Motto des Verlagshauses sei schließlich nicht umsonst: „Jede Lüge erzeugt eine Parallelwelt, in der sie wahr ist." Aber, setzt er fort, ein bisschen mehr Zusammenhang würde meiner doch ohnehin schon so fantastischen Geschichte gut tun, ja er würde sogar für ihren bizarren Inhalt förderlich sein. Wir sollten manches etwas abschwächen, nur um die Kontrastschärfe im Allgemeinen zu erhöhen.

Ich sehe schon deutlich, was für ein Mensch dieser Valentin ist. Einer, der tausend liberale Beweise dafür vorbringt, konservativ zu wählen. Einer der vorgibt zu helfen, während er doch nur Steine in den Weg legt. Doch was weiß er schon von meinem Plan, seine Sabotagemaßnahmen zu sabotieren und ihn so zu Fall zu bringen! Man sagt, der französische Regisseur Leos Carax hätte aufgrund seiner sturen Überspanntheit mehrere Produzenten auf dem Gewissen:

Auch ich werde meinen Lektor mit überspannter Sturheit aus dem Weg räumen.

Natürlich werde ich zuerst allem zuzustimmen. Ich kann einsichtig sein! Gewiss ist es seltsam, dass sich Herr F an bestimmten Stellen in Goethe verwandelt. Da hast du ganz recht, mein bester Valentin!

In Kapitel 22 etwa ist Herr F plötzlich in Weimar, steht an seinem Schreibpult und erhält exaltierte E-Mails einer weiblichen Verehrerin. Offensichtlich ist das Goethe. Aber nur ein paar Kapitel früher sah man Herrn F auf einem Fahrrad durch Osakas Dämmerung radeln, mit dem winzigen Goethe hinten auf dem Kindersitz; wimmernd, „weil sein toter Zahn sich schmerzhaft durch das Babyzahnfleisch bohrt". Wenn Herr F in Wahrheit Goethe ist, wie ist so etwas dann möglich? Wer radelt hier wirklich?

Gut getroffen, Valentin. Für derlei forensische Genauigkeit werden Lektoren bezahlt. Gäbe es diese nicht, stünden wir Autoren schließlich wie Idioten da. Deine Schwester Gretchen hätte noch viel mehr Grund dazu, mich durch die verschlossene Schlafzimmertür hindurch einen Schwachkopf zu heißen, wenn sie so närrische Ungereimtheiten in einem veröffentlichten Roman zu lesen bekäme. Diesen hätte ich ihr, natürlich ohne zu zögern und um Verzeihung bittend, unter der Tür durchgeschoben, als Friedensangebot gleichsam. Und selbstverständlich in der Hoffnung, dass sie mich wieder in ihre Arme schließen würde, nachdem sie meine romantische Beschreibung unseres ersten Treffens gelesen hätte. (Dabei hätte ich mich aber sputen müssen, denn schon kurz darauf folgt ja der Abschnitt mit der Syphilis.)

Selbstverständlich sage ich in Wirklichkeit nichts von alldem zu Valentin. Es sind bloß schlagfertige Antworten auf seine Einwendungen in meinem Kopf. Ich bin weiterhin auf der Hut!

Das Hinhalten bietet gewisse Vorteile. Valentin lässt mich noch peinlicher bedacht darauf sein, wo die Grenze zwischen Realität und Fantasie verläuft. Für mich ist sie immer klar definiert, ich begrüße es aber, wenn das für einen Lektor oder Leser nicht so ist. Ich muss lernen, diese Menschen nicht als die Feinde meiner Freiheit zu betrachten.

40

Ich schieße eine schnelle Mail an Valentin bezüglich der Goethesache raus. Vielleicht sollte man klarstellen, räume ich ein, dass Herr F, wenn er durch Osaka radelt, hinten auf dem Kindersitz niemand sitzen hat. Es ist bloß seine fiebrige und offensichtlich deliriöse Einbildung, die das deformierte und groteske Phantom des Schriftstellers Goethe in diesen Sitz hineinprojiziert. Das könnte man vielleicht durch einen Absatz gut herausarbeiten, wo Herr F durch einen Blitzschlag aufgeschreckt herumfährt und feststellen muss, dass der Kindersitz hinter ihm leer ist.

Ich erkläre Valentin, dass ich zu solchen Zugeständnissen bereit bin, weil die poetische Schärfe des Bildes vom Kind Goethe dabei nicht entschärft wird – vielleicht wird sie sogar noch unterstrichen. Man hätte ja nichts anderes getan als ein paar Zeilen hinzugefügt, die der psychologischen Schlüssigkeit entgegen kämen, was sogar noch zusätzlich den Vorteil böte, einen Blitzschlag einzuführen (immer eine gute Sache, egal in welchem Kapitel).

Um noch konzilianter zu wirken, schlage ich vor, eine Szene vom Ende von Hitchcocks *Psycho* einzubauen, wo ein Psychoanalytiker, namens Dr. Simon, Norman Bates gespaltene Persönlichkeit erklärt. Ich füge hinzu, dass es meine Absicht als Schriftsteller ist, Absurditäten, Hindernisse und Widersprüche in neue Handlungsstränge zu verwandeln. In diesem Zusammenhang weise ich auch darauf hin, dass *Herr F* gewissermaßen eine Liebeserklärung an die deutschsprachige Literatur ist, weshalb ich versteckt zahlreiche Zusammenfassungen von Werken von Goethe, Rilke, Musil, Mann, Schmidt, Bernhard, Handke, Brecht, Frisch und anderen eingearbeitet habe. Während man einige von ihnen in meinem Text klar ausmachen könne, seien andere wiederum verborgen und blieben geheim. Es wäre schließlich plump und für den Lesefluss störend, machte man sie alle kenntlich.

Zum Beispiel, fahre ich fort: Warum trifft im Kapitel 37 Herr F Goethe im Jahr 1949? Weil Arno Schmidt in diesem Jahr einige seiner Kurzgeschichten aus seiner „Darmstädter Zeit" verfasst hat, in denen Goethe für einen Tag wieder unter den Lebenden weilt und einen Stadtspaziergang macht. Im Jahr 1949, zur Zweihundertjahrfeier des Geburtstags Goethes, war dieser tot, aber auch omnipräsent. Man erwartete von seinen Werken, das kriegsbeschädigte Bild Deutschlands zu kurieren. Herr F steht einfach für den Erzähler bei Arno Schmidt. Ist dies auf gewisse Weise Wahnsinn, so hat es doch Methode.

Im Kapitel 18 heißt es: „Man schreibt das Jahr 2008, in der Tat ist es aber 1957", weil Schmidts Roman *Die Gelehrtenrepublik* im Jahr 2008 spielt, aber 1957 geschrieben wurde. Schmidt sagte voraus, dass im Jahr 2008 Deutsch eine tote Sprache sein würde. Ich nehme nicht an, dass jeder das weiß. Eigentlich bin ich sogar überzeugt, dass nur sehr wenige davon wissen. Ein Teil von mir ruht sich auf den Lorbeeren aus, die mir *Das Buch vom Moos* eingetragen haben, sodass ich mit dem sicheren Gefühl schreiben konnte, nichts Sinnvolles sagen zu müssen. Das ist der Trost der Behexten und der Avantgarde.

Ich beende meine erste E-Mail an Valentin mit dem folgenden Gedanken: Was ist Literatur letzten Endes anderes, als das gewaltige Fadenspiel mit den inoffiziellen, aber heiß geliebten Referenzen auf die Werke anderer Schriftsteller, und was ist ein Autor anderes, als ein Mensch, der auf einem *Mamachari* radelt, mit dem winzigen Gespenst eines toten Schriftstellers hinten auf dem Kindersitz?

41

Nachdem er seine Dankbarkeit hinsichtlich meiner Flexibilität zum Ausdruck gebracht und einige der „eleganten Lösungsvorschläge" gelobt hat, die ich zu seinen Anmerkungen unterbreitet habe, schiebt der Mut fassende Valentin gleich neue Kritikpunkte hinterher.

Im Kapitel 25 überlegt Herr F, ob er das Flachdach seines Matterhornhauses mit Gras bepflanzen soll. Warum nicht mit Moos? Ich antworte darauf so taktvoll als möglich: Es gab bereits in meinem letzten Buch jede Menge Moos, und ich habe aus meinen Fehlern gelernt.

Valentin möchte auch wissen, warum ich das Moos langweilig nenne, während ich zugleich doch betone, dass es wunderschön, eigensinnig und unfügsam sei. Sei das kein Widerspruch? Ich antworte, dass die Schönheit selbst widersprüchlich ist und ich zur Genüge betont habe, dass die Langeweile der Motor der Erzählung sei (letzten Endes hebt doch jede Erzählung mit der Angst vor eben dieser an). Die Langeweile darf daher als eine Sonderform der Schönheit betrachtet werden. Solle ich das vielleicht noch genauer vertiefen?

Es gibt aber noch ein paar weitere Einwände. In Kapitel 19 erfahren wir, dass *Das Buch vom Moos* Herrn Fs erstes Buch bei Suhrkamp ist. In Kapitel 31 jedoch ist er ein alter Mann und Mitglied der Olten Gruppe, der Abspaltung des Schweizerischen Schriftsteller-Vereins (SSV). Wie ist hier die Zeit vergangen? Und wie konnte er zu diesem ausgewählten Kreis gehören, wo er doch erst ein Buch veröffentlicht hatte?

Das lässt sich leicht erklären. Herr F ist (wie ich selbst) ein älterer Gelehrter, der sein Erstlingswerk erst spät vorlegt. Sein Verhältnis zur Gruppe Olten beruht weit mehr auf der gemeinsam geteilten Überzeugung, dass die Welt vom Leviathan regiert wird und weniger auf irgendeiner literarischen Leistung. In der Tat löst der Erfolg des *Moos-Buches* kleinliche Eifersüchteleien aus, die dann zur Auflösung der Gruppe führen.

Ich frage mich jedoch, ob ich für Verwirrung gesorgt habe, indem ich Herrn F am Anfang des Buchs als älteren Gelehrten beschrieben habe, der „nach Tel Aviv reist um dort in der Rolle der Bianca Castafiore aus den Tim & Struppi-Alben zu singen"? Ich verspreche Valentin, die Sache nochmals durchzusehen und die notwendigen Änderungen vorzunehmen.

Die nächste Frage verfehlt das Schwarze nur mehr um Haaresbreite. Valentin will wissen, warum seine Schwester Gretchen in Kapitel 33 „Wie schrecklich!" ausruft, wenn sie vom melodramatischen Schicksal von Goethes Gretchen erfährt, während sie doch schon in Kapitel 11 alle Ereignisse in Zusammenfassung durchgespielt hat:

Im fünften Kubus erzeugen die sausenden Elektronen eines Farbfernsehers eine Art 3-D-Seifenoper, in der ich Gretchen ficke, die mir gleichzeitig erzählt, dass sie ihre Mutter gerade unabsichtlich mit den Schlaftabletten umgebracht hat, die ich ihr irrtümlich gab, in der Annahme, es seien Pillen zur Empfängnisverhütung. Diese Neuigkeiten lassen mich meine für gewöhnlich an den Tag gelegte Selbstkontrolle verlieren und ich spritze in Gretchen ab (normalerweise praktiziere ich den Coitus interruptus). Nach der Werbeunterbrechung erfahren wir, dass Gretchen schwanger ist und ihr Bruder wütend darüber. Mephisto und ich, die wir uns in dieser Seifenoper selbst spielen, erschlagen Gretchens Bruder in einem Schwertkampf. Gretchen wird verrückt, ersäuft ihr Neugeborenes und wird wegen Mordes verurteilt. Ich versuche sie aus der Todeszelle zu befreien, sie weigert sich aber mitzukommen. Kurz bevor die Episode endet, gibt eine dröhnende Stimme vom Himmel herab bekannt, dass Gretchen gerettet sei. Das Publikum spendet spontanen Applaus, weil die himmlische Stimme aus der Pilotepisode genau das Gegenteil verkündet hatte.

Ich gebe offen zu, dass es mich beschämt, mir Valentin vorzustellen, wenn er diese Zeilen liest. Nicht nur die gynäkologischen Details über seine Schwester sind es, die er aushalten muss, sondern auch die Wiederholung unserer ursprünglichen Kriegsgründe, die unsere Blutfehde ausgelöst haben. Entweder ist mein Lektor äußerst gelassen, oder er provoziert wissentlich, um mich zu einer Art Showdown anzustacheln.

Aber warum beendet Valentin die E-Mail dann mit einem Satz wie diesem? „Kapitel 31. Es wäre toll, wenn man mehr

von den schmutzigen Geschichten erfahren würde, die sich
die alten Schriftsteller gegenseitig erzählen!"

42

Valentin hat sich offenbar vom weißglühenden Wutanfall
erholt, den er, wie ich meine, wohl gehabt haben muss, als er
davon las, wie ich seine Schwester in einem Glaskubus ficke.
Er ist jetzt mit Marotten in meiner Erzählung beschäftigt,
die man weglassen könnte. Meine künstlichen Gliedmaßen
zum Beispiel.

Habe ich wirklich einen künstlichen Arm und ein künstli-
ches Bein oder sind das nur naheliegende Symbole für eine
weit tiefer reichende Deformierung? Sind das vielleicht
Überbleibsel einer längst aufgegebenen Plot-Idee? Dass der
Protagonist körperlich zwei Schritte zurück machte, um in
Sachen Ruhm einen vorwärts zu kommen? War das eine Art
zusätzlicher Preis, der neben der unsterblichen Seele zu
entrichten war? Verdankt er seinen enormen Erfolg buchstäblich einem „Hals- und Beinbruch"?

Valentin schlägt so etwas wie einen Handel vor. Es gibt hier
einfach zu viele Schrulligkeiten. Entweder müssen die
künstlichen Gliedmaßen raus oder das transvestitische französische Künstler-Alter-Ego oder das falsche Gesicht.

Was für ein falsches Gesicht? Ich kann mich an kein falsches
Gesicht erinnern! O, doch; es fällt mir wieder ein. Ich versuchte dem Fluch des Ruhmes zu entkommen, indem ich
mir Arno Schmidts Gesicht chirurgisch anpassen lassen
wollte! Und dann träumte ich, dass man mir Dürrenmatts
ganzen Kopf aufgenäht hatte! Aber nichts davon ist tatsächlich passiert. Ich habe mein eigenes Gesicht behalten, deshalb hat mich ja auch Gretchen wiedererkannt, als ich aufs

Matterhorn zurückkehrte. In Ordnung – auf das falsche Gesicht können wir verzichten. Das war ohnehin nie da.

Valentin sorgt sich auch um den Ort und die Zeit der Handlung. Wird der Roman hinter einen „dünnen Metalljalousie“ in Osaka geschrieben? Oder nach dem Tod, also hinter einer anderen Art von Jalousie? Ist *Herr F (Was ewig lebt, schreit ewig)* das Buch, das bei Suhrkamp Parallel erscheint, oder das, welches bei Fiktion erscheint? Das eine hat einen Umschlag, der vom Papst entworfen wurde, das andere gar keinen. Welches lektorieren wir hier eigentlich, und ist der Autor eine fiktive Person oder gibt es ihn wirklich? Dürfen echte Einwände außer Acht gelassen werden, wenn sie fiktionalisiert werden?

Das ist alles ausgesprochen angemessen und wird ohne jeden Zweifel hilfreich sein, wenn sich die Dinge am Schluss des Buches auflösen werden. Lügen sind ertragreich. Bezahlt wird in diesem Fall pro Seite. Rache ist süß. Auf Plausibilität pfeif ich.

Valentins letzter Einwand bezieht sich auf einen weiteren Satz. Wozu „Bitte behalten Sie diesen Umstand im Auge, er wird später noch wichtig werden“, wenn dazu später die Pointe ausbleibt?

Nimm das als Pointe, Valentin.

43

Lektor Valentin wird dieses Ende nicht mögen. Deshalb steht es jetzt auch hier. Und es endet damit, dass ich seine Schwester ermordet habe.

Ich werde euch nichts von den Zinnminen erzählen, von
den Ponys und nichts von den Whiskeyschwämmen. Ich
werde euch nichts vom Barfräulein erzählen, vom Glücks-
hufeisen oder vom Spinnenhaus des Bremer Zoos. Wenn es
auch unterhaltsam wäre, so bliebe es doch vergebliche Mühe, euch davon zu berichten, wie ich mich für das Bürger-
meisteramt von Memmingen bewarb oder über meinen
Aufenthalt bei den Augustiner-Eremiten von Heidelberg.
Ich werde meinen schrecklichen Fund der Leiche eines Tele-
fonmechanikers auf Schloss Rudingen, der durch einen
Stromschlag starb, überspringen und die ganz außeror-
dentlich freundliche Aufnahme, die mir vonseiten der Bür-
ger von Zeugthein widerfuhr, die mich für einen schon lang
erwarteten Revisor der Regierung hielten, unter den Tep-
pich kehren.

Nichts von all dem muss euch kümmern. Dennoch will ich
an dieser Stelle innehalten und einen weißen Stein in Erinnerung an das geliebte Fräulein Gretchen Mitsukoshi setzen,
denn ich habe jeden Grund, mich ihrer als der allerliebsten
Gefährtin meines Lebens zu erinnern und ihren Tod als das
größte Unglück meines (und – das versteht sich von selbst –
auch ihres) Lebens zu betrachten.

Ach, Gretchen! Ich werde mich nicht an dein armes ver-
härmtes Gesicht einer Ertrunkenen erinnern, denn das er-
trage ich nicht. Nein, ich werde mich unsrer entsinnen, wie
wir in den langen Tagen des Sommers durch die Weizenfel-
der liefen und durch die Obstgärten, Hand in Hand, der
Falke über uns am Himmel und das Pony trottete uns hinterher. Ich mache halt, um den riesigen Kopf einer Sonnenblume abzuschneiden und sie dir an den Busen zu heften,
gleichgültig ob diese nun rasch welkt und ich dich nun
kaum mehr erkennen kann.

Wir lachen, als du das Kuckuckspiel hinter diesem gewaltigen toten Blütenkopf spielst.

Du neckst mich, Gretchen, und dann breitest du deine Arme aus und lädst mich ein, an deinen Busen zu sinken, wenn es mir gelingt, mich an der Blüte vorbeizuzwängen, die nun ziemlich furchteinflößend geworden ist und ächzende Geräusche von sich gibt, als ich mich nun über sie hinweg an deine vollen jungen Brüste presse. Und dann geht es ab ins Heu mit uns dreien, mit mir, der Blume und dir, Gretchen. Der Falke und das Pony warten draußen im Schatten, bis wir unsere Arbeit zu Ende gebracht haben.

Wahrhaftig, das ist das Glück der Welt, der ew'ge Augenblick, Gretchen! Denn selbst wenn du von mir gegangen bist, und mir bloß dieses vertrocknete gelbe Skelett einer Blume geblieben ist, das mir Trost spendet (obwohl es immer noch recht gruselig ächzt) und das ich zusammengefaltet in meinem Ranzen voll sentimentalen Krimskrams mit mir herumtrage, so habe ich doch gleichwohl diese Erinnerung, die ich wässere, pflege und wachsen lasse.

Sogar als du wie eine erstickte Meerjungfrau am Strand lagst, Gretchen, sagtest du mir, ich solle ohne dich weitermachen, weitermachen mit dem Falken und der Sonnenblume und dem Pony, weitermachen mit dem Ranzen und dem Rucksack und dem Kohlesack, weitermachen, bis ich meine Suche vollendet hätte.

Ich werde nichts vom Hagelsturm erzählen oder von den Gesichtslosen. Ich werde nicht vom Tod und seinen eiskalten Dolchfingern reden. Ich werde vom grauenvollen Valdoggerel oder dem Kreischdämon Molgaddar schweigen. Ich berge meinen Kopf in den Armen, Fräulein, und versuche mich an dein süßes Lächeln zu erinnern, auch wenn es da nahe am See fahl und verhärmt aussah, als ich das Schwert senkte, das ich immer noch in der schrecklichen Hand hielt.

Ich versuche nicht an deine süßen schwarzen Locken zu denken, die einen Totenschädel umranken oder an den Ort deiner letzten Ruhe in der Hütte aus Flechtwerk oben bei den Klippen aus Quarz. Aus meinen Gedanken will ich vertreiben den Anblick des Alten Egger, wie er auf dem schmalen Grat entlang humpelt und deinen toten Körper hinter sich her schleppt. Bump! Bump! Bump!

Nein, nein, nein! Dämonen ergreifen Besitz von mir, und mein blaues Wams färbt sich rot von deinem heiligen Blut.

Doch ich weiß, dass du bei mir bist, Gretchen. Du bist aus der Unterwelt heraufgestiegen, um im Augenblick meiner Glorie Zeugin zu sein. Denn hier bin ich nun in Weimar. Gewiss sehe ich jetzt aus wie ein alter Mann, ein Ausgestoßener, ein Bettler. Gewiss ist der Falke jetzt nicht mehr als eine Feder an meinem Hut und das Pony ist nur noch die Haut und das Fell, das mich wärmt, wenn ich im Graben schlafe. Gewiss ist die Sonnenblume jetzt bloß noch eine Handvoll Samen auf dem Boden meines Rucksacks und der Kohlensack ist ein schäbiger Mantel und der Stecken des Ranzens ist zerbrochen. Doch ich weiß, dass du immer noch bei mir bist, wenn ich mich meinem Ziel nähere, meiner Bestimmung, dem Ende meiner Suche; wenn ich mich dem Tor zur Standseilbahn nähere, in der Doctor Hanamaru arbeitet. Ich bezahle den komischen Buckligen im grünen Schalterhäuschen, trete durch das rostige Drehkreuz und nehme in einem steil stehenden Wagon Platz.

Bald wird es losgehen. Im winkeligen Tunnel, der durch den Berg führt, wird es kalt sein. Ich werde mir die Ponyhaut und den Kohlesack eng umwickeln. Ich werde mir Zeit lassen und die Fahrt genießen, meine Augen werden sich all der seltsamen Dinge erfreuen, sie werden im grünen Licht baden, das aus jedem Winkel glimmt, an dem wir vorbeikommen. Links sehen wir den Ziegenpeter auf einem Gletscher. Auf dem Gerüst rechts stehen die zwölf Bergzwerge. Begleitet von Geschichten, die man uns bereits seit unserer Kindheit erzählt hat, geht es tiefer und tiefer hinein in den Berg. Wenn die Schienen zu Ende sein werden und ein dünner alter Mann uns alle auffordern wird, auszusteigen, werde ich am Bahnsteig unter den tropfenden Stalaktiten stehen und, anstatt auf den anderen Bahnsteig hinüberzuwechseln, der in den Abgrund führt, dem Mann den steinigen und dunklen Pfad nachfolgen, der hinaufführt zum Kontrollraum.

Dort oben, im Herzen des Berges, wird er dann endlich und unverkennbar an seinen grünen Schalthebeln sitzen, und er wird nicht überrascht sein, mich hier zu sehen. Während ich meine Hände an einem orangefarbenen Heizstrahler mit zwei Heizstäben wärme, wird er den kleinen Körper einer Ziege, an der er gerade schnitzt, beiseitelegen, einen Hebel ziehen, aufstehen und mit seinen alten arthritischen Händen, die in fingerlosen Handschuhen stecken, nach der schwarzen Aktenmappe auf einem Regal greifen, in dem sich das Manuskript befindet, das alle Details meines Lebens verzeichnet.

Doctor Hanamaru wird mir dieses Buch reichen. Wenn ich es öffne, werde ich zu meiner überaus großen Freude feststellen, dass alle Seiten leer und unbeschrieben sind.

Im Buch wird nichts weiter sein als Moos, das sich in be-
sänftigender Weise, über gewaltige Distanzen nach allen
Richtungen hin, bis an den Horizont erstreckt.

Der Teufel hat Herrn F ewigen Ruhm versprochen – im Tausch für seine unsterbliche Seele. Doch Herr F erkennt, dass das ewige Leben früher oder später in einen ewigen Aufschrei mündet, weshalb er beschließt, Glanz und Ruhm zu entsagen, ins Dunkel zurückzukehren und einfach zu sterben. *Herr F* ist eine Wiederaufnahme der Faust-Legende aus der Feder des berüchtigten Musikers und Schriftstellers Momus. Die experimentelle Erzählung über das Feilschen um Unsterblichkeit ist gespickt mit Ideen von deutschsprachiger Literatur, die weitgehend auf englischen Übersetzungen berühmter Künstler und Denker des 20. Jahrhunderts wie Brecht, Kafka, Rilke, Klee, Fassbinder und Adorno fußen. Natürlich stehen auch Goethe und dessen (um- und nachbearbeiteter) Faust Pate bei der Geschichte. *Herr F* wurde von Andreas L. Hofbauer aus dem Englischen übersetzt.

MOMUS ist der Künstlername von Nick Currie. 1960 in Schottland geboren, studierte Currie an der Aberdeen Universität Literatur, bevor er sich selbst als Singer-Songwriter elektronischer Folk-Musik neu erfand. Seit Beginn des 21. Jahrhunderts verfolgt er außerdem eine Karriere als Performance-Künstler und Schriftsteller. Sein literarisches Werk umfasst *Book of Jokes*, *Solution 11-167: Book of Scotlands*, *Solution 214-238: Book of Japans* und *UnAmerica*. Der Guardian beschrieb Momus kürzlich als „den David Bowie des Kunst-Pop Underground".

Übersetzung: Andreas L. Hofbauer ist Philosoph, Autor, Psychohistoriker und Übersetzer zahlreicher Bücher, u.a. von Slavoj Zizek, Thomas De Quincey, Jeremy Bentham, Marshall Sahlins, Tom McCarthy, Sebastian Horsley. Er lebt und arbeitet in Berlin.

edition taberna kritika
Neuerscheinungen 2018/19

Catherine Vidler
lost sonnets, 3rd iteration
ISBN 978-3-905846-53-9

Hartmut Abendschein
mn ltztr krnz ei ee a
ISBN 978-3-905846-52-2

Dominik Riedo
Spittelers Zeichen
ISBN 978-3-905846-51-5

Friedrich Nietzsche
«Also» sprach Zarathustra
ISBN: 978-3-905846-50-8

Giuliano Musio / Manuel Kämpfer
Keinzigartiges Lexikon
ISBN 978-3-905846-49-2

Elisabeth Wandeler-Deck
Visby infra-ordinaire
ISBN 978-3-905846-48-5

Ausführliche Informationen über unsere
Neuerscheinungen und das Gesamtprogramm finden Sie im
Internet unter www.etkbooks.com

edition taberna kritika
Gutenbergstrasse 47
CH - 3011 Bern
Tel.: +41 (0) 77 425 2 180
info@etkbooks.com | http://www.etkbooks.com